鳴る

真崎ひかる

幻冬舎ルチル文庫

CONTENTS ✦目次✦

凜と恋が鳴る

✦イラスト・駒城ミチヲ

凜と恋が鳴る……3
恋はやがて愛に成る……207
あとがき……255

✦カバーデザイン＝久保宏夏（omochi design）
✦ブックデザイン＝まるか工房

凜と恋が鳴る

《一》

夜の訪れを感じさせるネオンが瞬く街には、多くの人が行き交っていた。金曜日ということもあってか、擦《す》れ違う人たちの表情は晴れやかだ。

棚義《なぎ》は、通行の妨げとならないよう路肩に寄ってスマートフォンを取り出した。チラリと見下ろして、現在時刻を確認する。

十九時を、ほんの少し過ぎたところ……か。

棚義が足を止めていることに気づいたらしく、先を歩いていた友人が振り向いて駆け戻ってきた。

「なにやってんだよ、ナギ。そろそろ腹が減ってきたからファミレスに移動するかってあいつらと話してたんだけど、聞いてたか？」

「あー……悪い、おれは帰る」

スマートフォンを制服のポケットに戻しながら、迷うことなく外食の誘いを断る。

すると、友人はあからさまに不満を浮かべた。

「……ちぇ、また途中離脱か。相変わらずつき合いが悪いよなぁ」

そうぼやいた彼は、少し離れたところから、

「沖田《おきた》、どうだってー？」

と声をかけてきた他の友人たちに、「抜けるってさ！」と言葉を返す。

梛義にしても、盛り上がっている友人たちから一人だけ抜けたくなんかない。せっかく明日は土曜なのだから、夜更《よふ》かしして遊び倒したい。

でも……。

「おれだって、好きでつき合いが悪いわけじゃない。遊びたいのは山々だけど、仕方ないだろ。晩飯は家で食うのが決まりなんだ。そうじゃないと、鬼婆《おにばば》……もとい、姉ちゃんたちに極悪人の如《ごと》く責められる」

口うるさい姉二人に、最近は妹まで加担するようになったのだ。

せっかくお母さんが用意してくれたご飯を、食べない気？ などと女どもに囲まれて吊《つる》し上げられるところを想像するだけで、グッタリした気分になる。

自分たちは夜遊びをして真夜中に帰宅したりするくせに、「ナギはまだ高校生なんだから門限八時でいいでしょ」と、梛義の抗議など聞く耳持たずだ。

兄弟の中でただ一人の男である梛義は、どう足掻《あが》いても彼女ら相手に論での勝ち目はないと学習済みだ。

特大のため息と共にうんざりとした口調で零《こぼ》したのだが、実情を知らない友人は「えー？」

と本気にしていない顔で笑った。

「鬼婆って、なに嘘《うそ》くせー冗談言ってんだよ。あんなキレーな姉ちゃんたちがいて、不満か？　贅沢者《ぜいたくもの》め」

「一ヵ月……いや、一週間くらい、おれと入れ替わってみるか？　ヤツらの本性を知った上で同じことが言えるなら、その言葉を本物と認定してやる」

椰義は半ば本気でそう言ったのだが、友人はうっとりとした目になった。

宙に視線をさ迷わせて、都合のいい妄想を繰り広げているようだ。

「うわー、あの姉ちゃんたちの弟体験かぁ……ドキドキするなぁ。想像をオカズに丼《どんぶり》いっぱいの米が食える」

「安上がりだな。……幸せそうでなにより」

この友人に、なにを言っても無駄に違いない。姉たちの下僕《げぼく》と化している椰義の現状を話しても、間違いなく本気にしてくれないだろう。

丼と米というキーワードに、のんびりしている場合ではなかったのだと思い出した。

「門限の八時までに帰って晩飯を食わないと、後で酷《ひど》い目に遭う。ってわけで、また月曜に学校で！」

「おー……姉ちゃんたちによろしく。……いいなぁ、一緒に飯を食って、風呂《ふろ》上がりの姿を見ちゃったり？　姉ちゃんが使った後の風呂、いい匂《にお》いするんだろうなぁ」

彼は、ふふふ……と不気味な笑みを浮かべつつ、夢見がちな妄想を続けている。

ハッキリ言って、相手をしていられない。

彼の耳に届くかどうかわからないが、椰義は「あいつらにも言っておいて。じゃ！」と言い残して、小走りで駅に向かった。

現実を知らないのは幸せだ。ヤツらの風呂上がりは、そんなにキレーなものではない。

顔面に白や黒のフェイスパックを貼りつけた姿など、チェーンソーこそ持たないがジェイソンみたいなものだ。しかも、薄暗い洗面所や廊下の角で不意に遭遇し、恐怖に引き攣《つ》った顔で「怖い」と本音を零しでもしたら、「失礼な」と蹴《け》られるのだ。理不尽だ。

それだけでなく、バスタオルを巻きつけただけの状態で無駄毛処理をしている姉たちの姿を目にしようものなら、彼は卒倒するのではないだろうか。

「現実を知る日が、いつか来るだろうな」

……姉や妹のいない彼には、夢見る余地を残しておいてあげよう。

改札を早足で抜けた椰義は、ホームに停まっていた扉《とびら》が閉まる寸前の電車に飛び乗って、乱れた息を整えた。

この電車に乗れたら、余裕を持って八時までに帰宅できる。一安心だ。

「おれの女嫌い、絶対にあいつらのせいだからな」

窓に手をついて目の前を流れる夜の街を眺《なが》めつつ、はー……と深く息をついた。

幼少期から現在に至るまで、数々のトラウマを植えつけられたおかげで、椰義は十八歳男子にあるまじきことに性別『女』が苦手だ。

小学生の頃など、「兄ちゃんが欲しい」とメチャクチャな我儘《わがまま》を言って母親を困らせた。ついでに、それを聞いていた二人の姉には「お姉さまが不満か」と脅《おど》されて、トラウマの根が深くなった。

「あ、ヤなこと思い出した」

二人がかりで、「男のクセに言っても仕方ないことをグチグチと」だとか、「男一人が嫌ならあんたも女の子になればぁ？」と言いつつ色つきリップを塗られたり……数々の悲惨な出来事がよみがえる。

「アレも言ってやればよかった」

服のお下がりが、もれなく女物だったのだ。

さすがにスカートこそ穿《は》かされなかったものの、パジャマにはピンクのフリルがついていたしTシャツには蝶《ちょう》が舞っていた。

リボン付きのサンダルは、泣いて拒否したおかげで回避できたけれど……。

小学校高学年になる頃、父親が不憫《ふびん》がって買い物に連れ出してくれるようになるまで、どうせすぐに着られなくなるからもったいないという理由で、姉たちのお下がりが自分を経由して妹に行き続けたのだ。

九割近くがお下がりだった妹も不満だったようだが、女物を押しつけられた梛義ほど屈辱は感じなかったはず。三つか四つの頃の、大きなリボンとフリルがついた水着姿で笑う自分の写真は、いつかコッソリ燃やしてやろう。

友人としての女の子は、可愛《かわい》い。一緒に遊ぶのも楽しいし、『女』というだけで毛嫌いする気はない。

ただ、あくまで『友人として』なら、だ。

可愛らしく装っている高校のクラスメートも、友人が紹介してくれる彼女の友人も、家に帰れば姉たちのような姿かと考えただけで『可愛い』止まりなのだ。どうしても、恋まで発展しない。

恋人と呼べる存在ができる気配すらなく、このままだと一生キヨラカな身体《からだ》ではないだろうかと、最近では半ば本気で憂いを感じている。

最寄り駅の改札を出て早足で歩いていた梛義は、

「あ……電気がついてる」

駅前に立つ雑居ビルの前で、歩みを緩ませた。

カフェやフラワーショップ、ベーカリーといった小さな店舗が並ぶビルの一番端には、母親の妹……椰義から見れば叔母《おば》に当たる女性が経営するセレクトショップがある。

母親曰《いわ》く『怪しげなものばかりの胡散臭《うさんくさ》い店』らしいが、椰義は国内外から叔母が買い付けてきた雑多な小物が並ぶショップを嫌いではない。

買い付け目的で不在にしていることが多く、年の半分近くはシャッターが下りて休業状態だけれど、今は半分ほどシャッターが開いて店内の明かりが漏《も》れていた。

「咲苗《さなえ》さん、戻ってるのか。なんか、面白いもの見つけてきたのかな」

椰義が叔母を『咲苗さん』と名前で呼ぶのには、理由がある。

長女の母親とは歳の離れた末の妹である彼女は、オバサン呼ばわりするのに忍びない年齢で、外見的にもその呼称がそぐわないからだ。確か今年で三十歳になるはずなので、椰義と一回りしか離れていない。

母親曰く『男気質』な彼女は、年齢が近くて同性の姉たちよりも椰義と気が合い、子供の頃から甥《おい》というより弟のように可愛がってくれている。椰義も、姉たちと違って『女』であることを前面に押し出さない叔母が大好きだ。

「明日にでも、顔を出してみよう」

そう決めて、人けが少なくなった夜の住宅街を早足で歩く。昔からの古い町は、日が落ちれば外出する人が激減するので奇妙なほど静かだ。

「お。ここの夕飯は、カレー……だな。うちの晩飯、なにかな」

通りかかったよそ様のお宅の夕食メニューをつぶやいて、これからありつく予定の夕飯に思いを馳《は》せる。

放課後、街に繰り出してすぐにおやつとしてハンバーガーを齧《かじ》ったけれど、とっくに消化している。十八歳男子の食欲は無限だ。

そこの角を曲がれば、自宅が見えてくる……というところで、ふと誰かの声が聞こえた気がして足を止めた。

「……え？」

小さな声だけれど、遠くから聞こえたものではない。なんとも形容し難《がた》い違和感と、奇妙な感覚に戸惑う。

動きを止めたまま耳を澄ませると……どうやらそれが、電信柱の陰から聞こえてくるようだとわかった。

「なんだ？　子猫でも、いるのかな」

首を捻《ひね》った梛義は、なんの気なしに電信柱と民家の外壁のあいだを覗《のぞ》き込む。すると、やはり猫らしき黒い影が勢いよく飛び出してきた。

「うわっ、ビックリしたっっ。って、なにか落としていった……か？」

電信柱と民家の壁の隙間《すきま》に残された、猫の落とし物らしい見慣れないモノに目をしばたたかせた。

「人形？」

梛義の手に乗りそうなサイズの、人形だった。その人形が身につけている凝《こ》った服を、街灯の光が照らしている。

「着物……って、珍しいな。しかも、なんかやけに豪華そう」

ベースの色は、生成《きなり》と紫紺。刺繍糸《ししゅういと》は金や銀で、繊細な飾りが施されている。姉たちのために親が毎年飾りつける、雛人形《ひなにんぎょう》のお内裏様《だいりさま》が頭に浮かんだ。ただ、雛人形と大きく違う点は、髪型だろうか。

お内裏様はきちんと結《ゆ》い上げた黒髪に飾りが施されていたと思うが、目の前に落ちている人形は……この表現が正しいかどうかはわからないけれど、明るい色のポニーテールだ。

しかし、どう見ても高価そうな人形が、こうして無造作に路肩に落ちているのは謎《なぞ》だった。さっきの猫は、どこで拾ってきたのだろうか。

「変なの」

下手《へた》に触らないほうがいいだろうと、見なかったことにしてその場を立ち去ろうとした梛義だったが……視線を逸《そ》らしかけたところで、ピタリと動きを止めた。

なんだ？　今……この人形、動かなかったか？

「はは……は、まさかぁ。ホラーかよ」

人形が動くなど、映画かマンガの世界だ。気のせい気のせい。光の加減か自分の影が動いたことで、そう見えただけに違いない。

そう自身に言い聞かせてジリッと足を引いた直後、

「っっ！」

靴《くつ》の先を小さな手に摑《つか》まれて、声もなく全身を硬直させた。

なんだっ？　人形に……しがみつかれてるっっ？

ザーッと、顔面から血の気が引く。背中を冷たい汗が伝った。

立ち竦《すく》む椰義の脇《わき》を、ライトを灯《とも》した自転車が通り過ぎ……ようやく硬直が解けた。呆《ほう》けている場合ではない。

「は、離せっ。悪霊退散っ！　おれに取り憑《つ》いても、得することないからなっ！」

我に返った椰義は、必死で足を振って人形を払い除《の》けようとした。それなのに、制服のズボンの裾《すそ》を摑まれてゾワッと鳥肌《とりはだ》が立つ。

「やめ……っっ」

恐怖のあまり、声も出ない。しかも、怖くて堪《たま》らないのに、そこから目を逸らすことができない。

下手に視線を逸らしたら、もっと恐ろしいことが起きるのではないかと……激しく脈打つ心臓の音が、耳の奥で響いていた。

もう、身動《みじろ》ぎ一つ取れずに引き攣った顔で人形を凝視《ぎょうし》していると、ソレが……ゆっくりと顔を上げたっ⁉

「な……んだ」

どんな恐ろしい形相をしているのかと、覚悟していたのに……梛義を見上げた人形は、なんとも愛嬌《あいきょう》のある容貌《ようぼう》だった。

クルリとした黒目がちで大きなどんぐり眼《まなこ》、眉毛《まゆげ》は俗に言う『麻呂眉』で、頰《ほお》には桃色の紅が丸く刷《は》かれている。

おどろおどろしさは皆無だ。予想もしていなかったファンシーな姿に、緊張がドッと抜けてしまった。

《人の子よ、ワタシの声が聞こえるのかっ？　姿も……見えるのだな？　た、助かった……。あの獣から救うてくれたこと、礼を言うぞ》

「あー……なんか聞こえる気がするけど、空耳ってやつだな。……おれにはなにも見えないし、聞こえない」

梛義はぎこちなく顔を背《そむ》けて、現実逃避を図る。

人形は動かないし、しゃべるわけもない。気の迷いだ。よし、家に帰って夕食を食べて、今日は早々に寝よう。

そう思いながら止めていた歩みを再開させたけれど、右足が重い。……アレが靴の甲に乗り上がっているせいだ。

チラリと視線を落とすと、まるで馬にでも乗っているかのように椰義の靴に跨《また》がり、紐《ひも》を両手で摑んでいた。

さり気なく足を振っても、がっしりとしがみついている。なかなかの根性だ。

「……重い」

《そら、重みを感じるということは、ワタシを認めておる証拠だ。ただの人の子には、ワタシは風や日の光と同じ存在ゆえな。見えるのだろう。そして、聞こえるのだろう》

「いやいや、なにも見えないし聞こえない。うん、起きてるけど寝惚《ねぼ》けてるんだな」

《無視するでない。話を聞け！　初めてワタシが見える……口のきける人の子と逢《お》うたのだ。ゆめゆめ離さぬからなっっ》

靴に縋《すが》りつきながらギャンギャンと喚《わめ》き立てられて、スルースキルが低い椰義はそ知らぬ顔をするのに限界を感じた。

自宅まで数十メートルのところで立ち止まり、特大のため息をつく。

「わかったよ。とりあえず聞いてやるから騒ぐな。近所迷惑だろ」

《ただの人の子にはワタシの声は聞こえぬゆえ、心配無用だ。そなたに聞こえるのが何故《なにゆえ》かは、わからぬが。これもなにかの縁《えにし》だな》

「……悪霊に取り憑かれる不幸を、縁って一言で済まされるのは心外だ」

はぁぁ……と再び大きなため息をついた梛義に、その人形はビクッと顔を上げた。梛義のズボンを、登り棒を連想させる動きでわしわしとよじ登りながら、抗議をぶつけてくる。

《誰が悪霊だ。礼を弁《わきま》えよ！　ワタシは由緒正しい神……の使役《しえき》である。悪霊呼ばわりを謝罪せよ》

「カミ？　紙……髪、神……か？」

首を捻りながら、人形が胸を張って口にした『カミ』を頭の中で漢字に変換する。

《聞いておるのか？　謝罪だ！》

「はいはい、申し訳ございません。神様……のお使いサマ」

――神の使役。

言われてみれば、豪奢《ごうしゃ》な衣装などからその手のものだと納得できなくは……ないか。

そうあっさり結論づけたのは、目の前にあるものが現実離れしすぎているせいで、深く考えることを脳が拒否しているせいかもしれない。

身につけている物はそれらしくても、冗談のようにコミカルな外見だが。

「その神様のお使いがなんでこんなところで猫のオモチャになっていたのかは知らないけど、とりあえず、家に帰っていい？　晩飯が待ってるからさ。……あんたは」

《もちろん、そなたと行こう。さあ、気にせず帰るがいい》

「気に……ならないわけはないけど、ここでなんだかんだ言ってても仕方ないか。って……あああっ！　八時過ぎてるっっ！」

現在時刻を確認した途端、ドッと現実が押し寄せてきた。

顔色をなくした梛義は、足元にある……いや、いる自称『神の使役』を鷲摑《わしづか》みにすると、肩にかけているバッグに押し込んで、すぐ傍《そば》の自宅に駆け込んだ。


「……酷い目に遭った。おまえのせいでっ」

夕食時刻に遅れたことで、ブチブチと文句を言われた挙句、食器洗いを言い渡されてしまった。

今日は一番上の姉の番だったのに……。

自室のデスクに置いた自称『神の使役』を前にして、コレに構わなければ余裕で間に合っていたはずだと渋い顔をする。

すると、布製のペンケースを座布団《ざぶとん》にした『神の使役』が、腕を組んで言い返してきた。

《おまえではない。ワタシには、結《ゆい》という神様からいただいた立派な名がある。姉御《あねご》にナギと呼ばれていたか。ナギ、そなたには、特別に名を呼ばせてやるぞ》

「チビのクセに、偉《えら》そうだな」

眉を顰《ひそ》めて、ツンと指先で小さな頭をつつく。結と名乗った『神の使役』は、その梛義の指を振り払ってキッと睨《にら》みつけてきた。

《ワタシは真実、偉いのだ。本来、人の子が軽々しく触れることなど適わぬ、崇高《すうこう》な存在なるぞ》

「ふーん……崇高、ね。猫に遊ばれてたみたいだけど」

随分と大袈裟《おおげさ》な言葉に、首を捻る。

この場合、偉いのは神であって……その使役は、どうだろう。

《あれはっ、気が弱っておったのと少しばかり油断しておったせいで逃れられなんだのだ。獣の魂は人より澄んでおるからか、たまにワタシを認めるものがおる》

言い訳をしている、ようにしか思えない。

確かに人間よりは尊い存在かもしれないが、コレを見る限り、どうにも威光だとか尊厳を感じられない。

なんだろう。そういう大層なものではなく、もっとイメージがピッタリなものがあるような気がするのだけど。

えーと、親指姫じゃなくて、小人《こびと》の靴屋じゃなくて……?

マジマジと結を見ていた梛義は、ふと頭に浮かんだものに合点《がてん》がいって手を叩《たた》いた。

「あ、わかった。なんか、見覚えがあるなぁ……と思ってたけど、アレに似てるんだ。一寸《いっすん》法師《ぼうし》！」

サイズといい、着ているもののカテゴリーといい、ポニーテールといい……昔、絵本で目にした一寸法師にそっくりだった。

年頃も、少年の姿をしていた一寸法師そのものだ。人間なら、きっと自分と変わらない十代後半だろう。

《いっすんぼうし……？》

彼のいる世界では知られていないのか、結はキョトンとしている。つぶやきも疑問形だ。

「知らない？　ネット検索したら出るかな。後で見せてやるよ」

インターネットの世界には、画像がゴロゴロしているはずだ。そう思い、デスクの隅にあるノートパソコンを指差す。

結は、やはり不思議そうに首を傾《かし》げて《ねっとけんさく？》とつぶやいた。

《それより、ナギ。こうして波長が合うたからには……そなたにはワタシを助ける務めがあるということだ》

「助ける？」

《そうだ。ワタシはとてつもなく困っておる》

「……はぁ。お困りですか」

困っていて、助けを求めるにしては尊大な態度ではなかろうか。

椰義は少し呆《あき》れながら、結のその『困りごと』を聞くだけ聞いてみようと嘆息して、

「お伺《うかが》いしますよ。どうぞ?」

と、続きを促した。

わざと慇懃《いんぎん》無礼《ぶれい》な物言いをしてやったのだが、結に嫌味は通じなかったらしい。大真面目《おおまじめ》に言い返してくる。

《その、失くしものを……だな、捜しておる。かすかな気配を追うてここまで来たが、あとわずかのところで見失うてしもうた。その後、あの獣に連れ回されたせいで方角さえ最早わからず……途方に暮れておった》

「ふーん?」

よくわからない椰義には、それ以外の相槌《あいづち》の打ちようがなかったのだが、結はキッと眦《まなじり》を吊《つ》り上げる。

《ふーんでなく、大切なものなのだっ。アレが無うなれば、使役としての務めを果たせぬ。もったいなくも神様から、見習いの身の上から一歩抜ける機会をいただいたというに、神具を失うたとあっては……》

「見習い、ねぇ。しかも、なにか知らないけど、うっかり大切なものを失くしたって? どんくさいなぁ」

かなり切実に困っているらしい結には悪いと思いつつ、「ぷっ」と笑ってしまった。

すると結は、腰《こし》かけていたペンケースから立ち上がり、拳《こぶし》を握って抗議してくる。

《笑いごとではない！　アレがワタシの元を離れて、幾星霜《いくせいそう》か……今や封印が解けているであろう。万が一、人の子の手に渡って悪しき事に用いられようものなら……ワタシは……ワタシ、は》

力説していた結は、そこで言葉を切り、ガックリと肩を落とす。

しょぼくれた姿を見ていると、笑ったことが申し訳なくなってきた。

「あー……そんなに大切なモノなのか。大切っていうか、重要？」

椰義が真剣な声になったことで、しょんぼりとうつむいていた結が顔を上げる。その瞳は、うるうると涙を湛《たた》えていた。

ギョッとして身を引くと、イスの背もたれに背中がぶつかる。あからさまに怯《ひる》んだ椰義に、結は涙ながらに訴えてきた。

《た、頼むナギ。ワタシを助けてほしい。わずかな手がかりすら見失うて……八方塞《ふさ》がりだ。アレを見つけられなんだら、務めを果たせぬばかりか神様の元へ戻ることすらできぬ。このままでは、ワタシは追放され……路頭に迷うほかない。助けを求めようにも、誰も彼もワタシの前を通り過ぎるばかり。もう、ナギしか頼れ……ぬ》

そこで言葉を切った結は、つい先ほどまでの強気な態度が嘘のようにメソメソと泣き出してしまった。

どうやら、これまで精いっぱい虚勢を張っていたのだが、ようやく自分の姿を見て声を聞ける梛義と遭遇したことで、緊張の糸が切れてしまったらしい。

うっうっと嗚咽《おえつ》を漏らす小さな結を見ていると、「嫌だ」と突《つ》っぱねるのが忍びなくなってきた。

本音では、面倒なことに巻き込まれたくない。自分になにができるのかわからないのだから、頼られても迷惑だ。

でも……可哀想《かわいそう》で見捨てられなくなってしまった。

心の中で、「おれのお人好《ひとよ》し。どうするんだよ、コレ」とぼやきつつ、思わず指を伸ばしてそろりと結のポニーテールを撫《な》でる。

「そんなに泣くなよ。おれに、どこまでなにが手助けできるかわかんないけど、できる限りのことは協力する。ただし、特別な芸のないただの男子高生だからなっ。過剰な期待はしないでくれよ」

《な、ナギ……まことか？　かたじけ、ない》

結は涙交じりの声でそう言うと、梛義の指を小さな両手でギュッと握り締める。体温はないけれど確かな存在感は伝わってきて、不思議な感覚だった。

「しっかし、どうしておれには結が見えるんだろ。別に、霊能力者ってわけじゃないのにさ。

今まで、お化けの類《たぐい》を目にしたことなんか一度もない」
《物怪《もののけ》や妖《あやかし》と同じく語られるのは、許し難い》
梛義の言質《げんち》を取ったせいか、ついさっきまでメソメソ泣いていた結は、強気を取り戻した口調で文句をぶつけてくる。
「あー……悪かったよ。でも、おれにとっては十分に超常現象なんだけど」
《ナギには……少し、懐かしい気配がある。家系あるいは血脈のいずこかで、神仏に関わっておらぬか？　梛義の傍におれば、尽きかけておった気がほんの少し補えるようだ》
「そういや、母親の実家が神社だな。とっくに嫁に出てるから、家系にカウントしていいかどうかわかんないけど」
地方の小さな神社は母親の弟である叔父《おじ》が継いでいるし、少し離れた土地なのであまり馴《な》染《じ》みがない。
ここしばらくは、姉の受験や自分の受験やらが続いて正月にも訪問しなかったし、最後に足を運んだのは……五、六年も前だ。
《神社の家系……紛う方なくソレであろう。あとは、ワタシとナギの相性がよかったのかもしれぬ》
「相性か。波長がどうのって言われるより、オカルト色が薄くていいな。仕方ない。どうせ暇なんだ。捜し物が見つかるまで、つき合うよ。結も、身の置き所がいるだろ？　まさか、これまでは野宿してたのか？　食べ物とかは？」

最初は人形かと思ったが、布製ではないようだ。

こうして眺めると、人間をギュッと縮小しただけの生き物にも見えるが、どこまで自分たちと同じなのか想像もつかない。

思いつく限りの疑問をぶつけると、結は簡潔に答えた。

《野宿？　いいや、社《やしろ》の軒先を拝借したり、地蔵堂に泊めてもろうたり……いろんな神や仏に助けていただいた。人の子と同じ意味の眠りではなく、気の回復のための休息ができれば足りるゆえ問題ない。あと、人のような飲食は不要だ。時々、お神酒《みき》をほんの少しいただけるとありがたいが》

特殊なものしか食べられないと言われなくて、幸いだ。お神酒というのは少し面倒だが、キッチンから料理酒をコッソリもらえばいいか。

「さすが、神様や仏様は慈悲深い。まぁ、でもそれなら特に問題なくおれの部屋にいられるな。居候《いそうろう》って立場は変わんないかもしれないけど、ここじゃ気を遣わなくていいからさ。手厚いオモテナシはできないけど、それでもいい？」

《ナギ……よき人の子だな。最初に逢うた時の驚きようから、肝《きも》の小さなうつけ者よと落胆しておったのだが、撤回しよう。すまなかった》

「……なんか、あまり誠意を感じられない謝罪だけど、まぁ……いいか。じゃ、おれは風呂に入ってくるから適当に休んでて。布団は、タオルでいいかな」

フェイスタオルとハンドタオルを組み合わせて、デスクの隅に即席の寝床を作る。結は、窮屈そうな衣装のままそこに潜り込んだ。

「パジャマ、じゃなくて寝間着がいるかなぁ」

見ているだけで肩が凝りそうだ。そう思ってつぶやくと、こちらを見上げた結と目が合った。

《絹の単衣《ひとえ》があれば一番よいのだが》

「き、絹の単衣……。代用できそうなものを探してみるけど、ハードルが高いな」

少なくとも梛義のワードローブには、絹素材のものなど存在しない。

姉たちなら、もしかしてなにか持っているかもしれないが……問題は、どう言ってそれをもらい受けるかだ。

悩む梛義をよそに、そっと見下ろした結は目を閉じて動かなかった。どうやら、休息モードに入ったようだ。当事者のくせして、のん気なものだ。

「まぁ……これまでかなり大変だったみたいだし、気が抜けたんだろうな。無防備っつーか、危機感が薄いなぁ。おれが極悪人なら、どうする?」

タオルの布団からはみ出ている、小さな足袋《たび》に包まれた足元をツンとつつく。結は、もぞりと寝返りを打ち、梛義に背を向けた。

「こんなふうに信用されてたら、逆にワルイことってできないもんだな。……風呂、入ってこよ」

苦笑した梛義は、イタズラ心を封印して踵《きびす》を返した。

厄介《やっかい》な拾い物をしてしまったけれど、非日常がなんとなく面白くもある。超常現象をわりとすんなり受け入れてしまった自分は、自覚していた以上に図太い神経をしているのかもしれない。

結局、平和な毎日に退屈していたんだろうな……と嘆息して、珍客が眠っている自室を出た。

《二》

「あれ、梛義出かけるの？」

玄関で靴を履《は》いていると、背後から姉の声が聞こえてきた。これは、二番目の姉である亜《あ》里《り》沙《さ》のものだ。

立ち上がってチラリと振り向き、「うん」とうなずく。

「咲苗さん、戻ってるみたいだし……ちょっと行ってくる」

本来の目的は結の失くしもの捜しなのだが、説明の仕様がない。叔母のところを覗きたいのも嘘ではないので、不自然さはないはずだ。

昼前だというのにパジャマ姿の姉は、ボサボサに寝乱れた髪を掻《か》き上げて意地の悪い笑みを浮かべた。

「なーんだ、デートじゃないのか。十八にもなって、休日に相手をしてくれる女の子の一人もいないんだぁ？」

からかいを含んだ口調で、明らかに挑発しようとしている。

ここで、ムッとして「遊ぶ女の子の二人や三人はいるぞ」などと返そうものなら、きっと何倍にもなって返ってくる。

その台詞《せりふ》まで想像がつくから、梛義は反論を呑《の》み込んだ。

きっと、グッと眉間《みけん》に皺《しわ》を刻んだ恐ろしい顔で……。

「一人じゃなくて、二人や三人？　不潔っ。まさか、か弱い女の子をいいように弄《もてあそ》んでるんじゃないでしょうね。変なことしたら、絞め上げるよ」

などと、身に覚えのない濡《ぬ》れ衣《ぎぬ》で最低男呼ばわりをされるのだ。

そして梛義は結局、言い返すことができない。

「……残念ながら、モテないんですぅ。じゃ、行ってくる！」

姉の挑発を受け流して、玄関扉を開けた。小さな庭を抜けて路上に出たところで、はー……とため息をつく。

《ナギは、女子《おなご》に相手をしてもらえぬのか？》

先ほどの姉とのやり取りを受けてか、梛義の左肩に座っている結がポツリとつぶやいた。

淡々とした口調は、バカにしているふうではない。ただ単に、事実の確認をしようとして尋ねてきているのだろう。

「違う。説明は難しいから、そういうわけではないとだけ言っておく。普通に遊ぶ友達くらいは、何人もいる」

結を相手に、見栄《みえ》を張っても仕方がない。そうわかっていながら、十八歳男子のプライドが『モテない』というレッテルを拒絶する。

《そうか。では、アレを取り戻した暁《あかつき》には恩恵を授《さず》けよう。年頃の男子《おのこ》に独り身は、淋《さび》しかろう》

梛義の肩に座ったまま偉そうな調子でそんなことを口にする結に首を傾げて、肩口をチラリと見遣《みや》った。

「アレって、捜し物のことだよな？　正体はなに？　それを聞かないと、見つけても正解かどうかわかんないだろ」

他の人には見えないらしい結と会話していれば、大声で独り言を言いながら歩く不審者だと思われかねない。

道の端を歩きながら、コソコソ小声で話しかける。

《神様から賜《たまわ》ったもので、重要な神具ゆえ秘密だ。ひとまず、昨夜《ゆうべ》ナギと逢うたところに行ってくれ》

「ハイハイ、わっかりましたよ」

タクシー扱いされていると思えば複雑な気分だが、乗りかかった船というヤツだ。仕方がない。

角を曲がり、結を拾った電信柱の脇で足を止めた。

「ここだな。……うっかり立ち止まったのが失敗だった」

《むっ？　失敗と言うたか。そういう運命《さだめ》であったのだ。……気配が、かすかに感じられるな。あちらの方へ》

「はーい、仰《おお》せのままに」

半ば自棄《やけ》になり、結に指示されるまま目的地不明の散歩を続ける。

コッチだ、いやアッチかもしれないと一時間以上も町内をグルグル周回しているうちに、足がだるくなってきた。

「あのさ、さっきもここを通ったんだけど。で、次はソッチ……って、言ってることが前回と違う。本当に気配を感じてるのか？」

振り回されることに疲れて、苦情を口にする。

すると結は、椰義の頭によじ登って《うーん？》と唸《うな》り出した。

どうでもいいが、重い。

重量的には人形のようなものでも、帽子を被《かぶ》るのとはわけが違うし、頭に乗られていると思えば精神的な重みを感じる。

「結、できればおれの頭を展望台にするのはやめてほしいんだけど。ちょっと、そこで休憩してもいい？」

椰義が指差したのは、叔母が経営するセレクトショップの隣に店舗を構えるカフェだ。

店内の座席は、テーブル席が五つと半円形のカウンターを囲むスツールが六つほどで、さほど大きな店構えではない。

ただ、天気がいい日は駐車スペースの一つを利用して屋外にテラス席を設けていて、犬を連れた人がお茶を飲んでいる姿をよく目にする。

しばらく訪れていないけれど、あそこのアイスティはお気に入りだ。それに、歩き回って喉《のど》が渇《かわ》いた。

《ああ。許すぞ》

尊大なお許しに苦笑して、カフェに足を向けた。チラリと目を遣った叔母のショップには、まだシャッターが下りている。

あんな我儘なやり方でよくやっていけてるわ……と母がため息をついていたが、棚義から見ても随分と適当……もとい、気ままな経営だ。

それも、ビルが学生時代の友人だったかが所有するもので、賃料をとてつもなく融通してもらえているから、らしい。

賃貸住居になっているこのビルの上階に、同じく格安にしてもらっている家賃で住んでいるので、後で訪ねてみてもいいか。

扉が開け放されているカフェに一歩入ると、テーブル席の二人組を接客していた若い女性が、控え目に「いらっしゃいませ」と笑いかけてきた。

その声に反応して、カウンターのところにいた女性がパッと振り向いた。

「いらっしゃい……あら」

「こんにちは、花《はな》さん」

叔母と同じくらいの年齢の女性は、このカフェを経営するマスターの奥さんだ。略称かもしれないけれど、梛義は叔母に倣《なら》って「花さん」と呼んでいる。

「ナギくん！　久し振りじゃない！」

ここしばらくは疎遠になっていたのだが、数年前まで叔母の店をよく訪れていた梛義を憶《おぼ》えているのか、親しげに笑いかけてくれる。

知人だと察して遠慮したのか、最初に声をかけてきたアルバイトらしき若い女性は梛義に微笑して会釈だけすると、カウンターの内側にいるマスターに「二番テーブルのお客様、ランチのAとCです」とオーダーを伝えた。

「はい。お久し振りです」

ペコリと頭を下げた梛義に、花はニコニコと笑みを浮かべたまま言葉を続ける。

「大きく……なった、わね？」

疑問を含んだ調子だったのと微妙に語尾が小さくなったのは、梛義があの頃から見違えるほど成長したとは言い切れない体格をしているせいに違いない。

高校三年生の男子として、百六十七センチは決して大柄ではないと自覚しているだけに、なんとも複雑な気分になる。

「カウンターにする？　お天気がいいから、テラスでもいいけど」

「あ、じゃあ……テラスで。アールグレイのアイスティとブルーベリーワッフル、お願いします」

花にそう言い残した梛義は、そそくさと外に出た。テラス席のイスに腰かけて、はぁ……と大きなため息をつく。

すると、梛義の肩からテラスのテーブルにぴょんと飛び降りた結が、表情を曇《くも》らせて見上げてきた。

《ナギ、そんなに疲れたか？　ワタシのために申し訳ない》

こんなふうに見るからにシュンとされたら、か弱い生き物をいじめているような罪悪感が湧《わ》いてしまう。

尊大な物の言い方をするかと思えば、ぼろぼろと涙を零したりしょんぼり落ち込んだり、喜怒哀楽がハッキリしている。

それも梛義を絆《ほだ》そうという計算ではなく、ただひたすら感情表現が素直なのだろうと、なんとなく『結』という人……ではなく、珍妙な生き物の性質が読めてきた。

根が善良で素直なのだろう。神の使役だと自称していたが、半信半疑だったそれも納得できる気がする。

「今のため息は、結のせいってわけじゃないから気にしなくていいよ。……あ！」

小さく笑って申し訳なさそうな結に言葉を返したところで、叔母の店のシャッターが開く音が聞こえてきた。

どうやら、客を受け入れる体制になっていなかっただけで、店舗の中にはいたらしい。

しかし、振り向いた梛義の目に映ったのは……叔母ではなかった。叔母も女性にしては長身だけれど、比較にならないほど大柄な男だ。

ドクンと大きく心臓が脈打ち、肩を強張らせた。息を詰め、奥歯を嚙《か》んで瞬時に緊張を漂《ただよ》わせる。

五メートルほどしか距離が離れていないので、あちらも梛義に気づいたようだ。

「あ……れ？」

低い声が、怪訝《けげん》そうに零す。

咄嗟《とっさ》に、気づいていないふりをしてしまえと顔を背けたけれど、こちらに近づいてくるのがわかって、ますます肩に力が入った。

ひとまず、視界の隅に映る結に向かって、

「結、おれの知り合いだ。ちょっと黙っててくれよ」

そう釘《くぎ》を刺しておく。

自分にしか見えないのであれば、話しかけてきた結にうっかり答えようものなら不自然極まりないだろう。

《承った》

そう結がうなずいた直後、テーブルに影が落ちる。

「やっぱり。ナギだろ」

テーブルの脇で足を止めた男は、低い声でそう言いながら梛義の視界に映る位置に大きな手をついた。

「一年ぶりくらいじゃないか？」

梛義が、彼の姿にわざと気づかなかったふりをしたと、気づいているのか否か……朗らかな調子で話しかけてくる。

こうなれば、知らんぷりはできない。

梛義は耳の奥で心臓の鼓動《こどう》が激しさを増すのを感じながら、ぎこちなく笑い返した。

「久し振り……将宗《まさむね》さん」

自分だけ座っているわけにいかず、座っていたイスからゆっくりと立ち上がる。梛義の動きを目で追っていた彼は、

「おっきく……なってないな」

そう言って、あははと無遠慮な笑い声を上げた。また、久々に顔を合わせた人にあまり成長していないと言われてしまった。

しかし彼は、花と違って申し訳なさそうなそぶりも見せない。相変わらず、デリカシーに

欠ける人だ。

よく言えば豪胆で大らか、人によってはがさつで無神経と思われるだろうその性格は、椰義の記憶にある頃と変わっていないらしい。

実際に、彼と椰義とは十五センチほど視線の高さが違うので、仕方ないとは思うけれど。

これでも、この一年ほどで五センチ近くは伸びたのだ。

「ッ、将宗さんがデカいだけだろっ」

一年余りのブランクを感じさせない気さくな態度に、変な緊張が解けた。

両手を握って言い返した椰義に、彼は笑みを消すことなく言葉を続ける。

「まぁまぁ、そう怒るな。チビッ子呼ばわりして悪かった」

「それ、謝ってないよな。むしろ、水に油を注ぐ発言だ」

「……火に油、の間違いだろ」

「あ……れ？」

気勢を殺《そ》がれてしまった。言葉を詰まらせた椰義は、握り締めていた拳を解いてストンとイスに座り直す。

すると、会話が途切れるタイミングを計っていたのか、

「お待たせ。アイスティとブルーベリーワッフルです」

そう声をかけながら、花がトレイを手にやってくる。

テーブル脇に立って梛義と話している彼に目を留めて、

「おはようございます、支倉《はせくら》さん。お久し振りですねー。いつ戻られたんですか？」

そう笑いかけた。

支倉は、

「今日の早朝」

とだけ答えて、足元を指差す。

そこにあるのは、酷使《こくし》したことが一目でわかる、擦り切れてボロボロになっているトレッキングシューズだ。

どうやら、数年来の顔見知りであるはずの三人が、揃《そろ》って久し振りに逢ったらしい。

テーブル脇に立っていた支倉は、梛義に相席の可否を尋ねることもなく、当然のような顔で向かい側のイスを引いて腰を下ろした。

「俺も、ブランチをここで食おう。ピザトーストのセット、ブレンドで。あ、伝票をナギの分と纏《まと》めておいてくれ」

支倉の言葉に、花は「はい」と笑って踵を返す。それは梛義が口を挟む隙のない動きで、別会計にしてくださいと言いそびれてしまった。

「将宗さん、伝票……」

「これっくらい、お兄様が奢《おご》ってやる。年上ぶらせろって。ここまで来てるなら、店に顔を出せよ」

「シャッター、下りてたし……あれじゃ、いるかどうかわかんないだろ」

アイスティのストローを紙袋から取り出しながら、手元に視線を落としたまま口にする。

言い訳じみた響きだったと思うけれど、支倉はあっさりと納得してくれた。

「ん、それもそうか」

まさか、椰義が意図して自分を避けていたのだとは……想像もしていないのだろう。

今日も、ショップにいるのが叔母だと思ったから覗こうと考えていたのだ。支倉だとわかっていたら、そ知らぬ顔で素通りしていた。

叔母と支倉は、大学の同級生だったらしい。このビルの所有者とは共通の友人なのか、支倉も上階に住んでいて、叔母が買い付けで地方に出かけたりして不在の時にはよく店番を任されている。

あとは、本人曰く『趣味と実益を兼ねて』年の三分の二くらいを海外で過ごしていることは知っていても、それ以外になにをしている人なのかよくわからない。

姉たちに言わせると、「放浪癖のある無職のロクデナシ。無駄に顔がいいから、ますます怪しい」らしい。

そのくせ、「観賞用っていうか、普通に街をデートするにはいいかもね。遊び相手としては最適」などと調子のいいことを言っていて、女というものの思考回路はやはり椰義には理解不能だ。

梛義は冷たいグラスを持ち、ストローに口をつけながらさり気なく向かい側を窺《うかが》い見る。

記憶に残る約一年前の彼と、ほとんど変わっていない。

しばらく散髪をしていないらしく、記憶に残るより伸びた髪を無造作に一纏めにしているくらいか。今日は無精髭《ぶしょうひげ》がないだけ、さほどむさ苦しくはない印象だ。

初めて彼に逢った時の姿を思い起こせば、整っているほうだろう。

アレは、酷いの一言だった。

伸び放題の髪を縛《しば》るでもなく野放しにしていて、顔の下半分は髭で覆《おお》われていたので、まず人相がわからなかった。それに加えて、裾と膝《ひざ》のところが擦り切れたカーゴパンツは色褪《いろあ》せて元が黒なのか紺なのか灰色なのか見当もつかない代物だったし、シューズはボロボロで親指の先が覗いていた。

初めましてと笑いかけられた梛義が、呆然《ぼうぜん》とするばかりで咄嗟に反応できなかった理由は、それだけでない。

十三歳の梛義は、今より更に小さかった。そのせいで、大柄な支倉を首が痛いほど見上げなければならなくて、小山のような大男……に見えたのだ。

発展途上国の更に未開の地から原住民がやってきたと言われても、中学生になったばかりだった梛義は信じたかもしれない。

当時の梛義はワイルドで男らしくて格好いいと思ったのだが、今考えると……胡散臭いことの上ない。

「……ん？」

チラチラ見ている梛義の視線に気づいたのか、支倉がこちらに目を向ける。視線が正面からかち合ってしまい、慌ててグラスに浮かぶ輪切りのレモンに目を移した。

「おまえ、相変わらずそればっかだなぁ。アールグレイのアイスティ」

「好きなんだよ、ここのアイスティ。蜂蜜漬《はちみつづ》けのレモンが、美味《おい》しくて……」

他愛のない話をしていても、心臓が奇妙に鼓動を速めてしまう。

やっぱり……ダメだ。無理やり離れてみても、こうして顔を合わせて話をすれば、ドキドキしてしまう。

まるで、彼は特別なのだろう……往生際悪く逃げていないで認めろと、自分自身に突きつけられているみたいだ。

あきらめに似た心情で、胸の高鳴りを感じていると、彼がオーダーしたセットが運ばれてきた。

すると、無言で半分にカットされたピザトーストが梛義の前にあるプレートに置かれ、代わりにワッフルが一枚持っていかれる。

「将宗さんっ」

勝手な行動に、反射的に抗議の声を上げる。けれど彼は、悪びれることのない飄々《ひょうひょう》とした顔と声で返してきた。

「ワッフル、美味《うま》そうだなーと思って。味見させろ。ピザと交換だ。せっかくなんだから、熱いうちに食え。冷めたらチーズが硬くなる」

「……相変わらず、マイペースだよな」

「おー。俺は常に我が道を行くぞ」

一回りも年下の梛義からの、生意気だと眉を顰められそうな台詞も、飄々と笑って流す。こんなところも、変わっていない。

やはり、この人に文句を言っても無駄か。小さく息を吐いて「いただきます」とつぶやき、ピザトーストに手を伸ばした。

「遠慮してたら生きていけないからなぁ」

それは独り言の響きだったけれど、いい機会なので、気になっていたことをポツリと尋ねてみた。

「今回は……どこに行ってたんだ?」

国内をうろうろしている叔母とは違い、支倉は主に外国を放浪しているのだ。

遠慮していたら生きていけないという言葉は、比喩《ひゆ》や軽口ではなく実体験なのだと梛義は知っている。

戻ってきたばかりと言っていたが、どこに出かけていたのだと尋ねた梛義に、短い一言が返ってくる。

「チュニジアを中心に、うろうろと」

……とは、どこだ？

眉を寄せ、頭の中で地球儀を回転させても、耳に馴染みの薄い名を持つ国の位置は梛義にはわからなかった。

「咲苗さんは……」

「あー、神室《かむろ》は昨夜から今朝にかけてはいたみたいだが、俺が朝一の便で帰ってくるのと入れ違いに出ていった。店の前で擦れ違った時に軽く聞いただけだが、なんつったか……奄美《あまみ》だか佐渡島《さどがしま》だかに行くってさ。ついでに、沖縄の離島がナントカって言ってたから、いつ帰ってくるかなぁ」

チュニジアと違って今度は国内なのに、やはりいまいちよくわからない。

一つ確かなのは……。

「奄美と佐渡島って、方向がまったく違うと思うんだけど。その後で沖縄？　って……」

呆れた、と声に滲《にじ》むのが隠せなかった。この人の定まらなさもどうかと思うが、叔母も相変わらずだ。

異性であっても、気が合って長く友人を続けている理由は、そのあたりも共通しているのではないだろうか。

母親や姉は、「友達とか言いながら、つき合ってるんじゃないの?」と二人の関係を推測しているけれど、梛義は二人が一緒にいるところを目にしてもつき合っているような雰囲気を感じたことはなくて……よくわからない。

それも、姉たち曰く『梛義はお子様だから』らしいが。お互いに信頼し合っているようだし、仲がいいことだけは確かだ。

「久しぶりに逢っても、梛義はそのまんまで……ホッとするな。男くさくっていうか、むさ苦しくならねぇなぁ」

感慨深そうな声でそう言われた梛義は、齧っていたトーストをプレートに置き、ジロッと支倉を見上げた。

「チビッ子だって? どうせ、お子様だ」

「違う。そりゃ被害妄想だ。……大きくなってないとか言って、悪かったよ。いくつだったか……十八? 九? あれ、高校は卒業したんだっけ?」

恨みがましく根に持っていると顔に書いてあるのか、支倉は苦笑して手を伸ばしてきた。大きな手で無造作に髪を撫で回されて、頬を膨《ふく》らませる。

「十八。高校三年生。もう子供じゃないってば」

不貞腐《ふてくさ》れて支倉の手を振り払う……ように装い、壊れそうなほどドキドキしている心臓の

動悸《どうき》を悟られないよう、ひた隠しにした。

スキンシップなど、珍しくない。友人とふざけて抱き合ったり、肩に手を回したりすることくらい日常茶飯事だ。

なのにどうして、支倉が相手だとこんなにドキドキするのだろう。普通に接したい。特別な意識なんか、したくないのに。

「おっと、冷めちまう。おまえに冷めないうちに食えとか言っておいてこれじゃ、説得力がないな」

そうぼやいてトーストを右手に取った支倉の頬に、長い前髪が一筋落ちてくる。支倉は眉を顰めて、左手の指で自分の髪を摘《つま》んだ。

「んー……少しばかり冷めても美味い。しっかし、髪が鬱陶《うっとう》しいな。とりあえず、散髪に行ってくるか。ナギ、時間があるなら、ちょっとだけ店番しててくれるか？　一回開けたのにまた閉めるのは面倒だ」

「時間……は」

あるような、ないような……と返事に迷う。自分の時間はあるけれど、今の棚義は結の捜し物の手伝いをしているところだ。

なにより、支倉と長く一緒にいるのは少し怖い。でも、こうして笑いかけられると嬉《うれ》しいし、久し振りに話したいとも思う。

矛盾している自分の心をどう捉えればいいのか、うまく消化できなくて迷うばかりだ。

《……ナギ》

手元に視線を落として考え込んでいると、それまで最初に約束したとおりに口を噤《つぐ》んでいた結が名前を呼んできた。

今は、黙っていてほしい。ますます混乱しそうだ。

《ナギ！　聞こえておるのだろう？　無視するでない》

そう言いながらアイスティのグラスを握っている手を叩かれて、そ知らぬ顔をし続けることができなくなった。

小さく息をついて、チラリと結に視線を移す。梛義と目が合った結は、《しかと聞け》と前置きをして話し始めた。

《先ほどから、かすかに感じておったのだが……近いぞ。それに、この男に気配の余韻が漂っておる。その建物の中かもしれん》

どうやら、黙っていたのは例の捜し物の気配を追っていたせいもあるようだ。『この男』と言いながら支倉を指差し、『建物』と口にしながら叔母の店を振り向いた。

つまり、結の捜しているモノがもしかして叔母の店にあるかもしれない、ということか。

《店番とは、その中に入るということであろう。断るな。引き受けろ》

……ますます面倒なことになってきた。

結の言葉に、梛義は難しい顔をしていたのだろう。

そんな自分たちのやり取りなど知る由《よし》もない支倉が、ボサボサの頭を掻きながら言葉を続ける。

「なんか、用事があるか？　あ、もしかして女の子と約束してるとか？　梛義も、お年頃だもんな」

からかい混じりのそんな台詞に、心臓がギュッと痛くなる。支倉に、大人ぶって笑って茶化されるのが何故か苦しい。

カッと頭に血が上るのを感じた梛義は、反射的に首を左右に振って否定した。

「違うっ！　女の子なんか……おれ、全然モテないし。彼女いない歴、年齢とイコールで十八年だし」

勢い余って、余計なことまで口にしてしまった。

慌てて口を両手で塞ぐと、支倉はデリカシーのない笑い声を上げる。

「ははは、そりゃ悪かった。十八で童貞って、希少価値ってほどじゃないだろ。俺の歳なら、魔法使い寸前だけどな」

「デカい声で、童……とか言うなっ。それになんだよ、魔法使い……って」

「あれ、そういう説なかったか？　三十路《みそじ》までキヨラカなカラダだったら、魔法を使えるようになるとか」

「……都市伝説？　知らないよ」

顔を背けて唇《くちびる》を引き結ぶと、支倉はやはりあまり誠意の感じられない調子で「悪かった、悪かった」と言いながら、梛義の頭にポンと手を置いた。

完全に子供扱いだ。でも……こうして触れてくる支倉の手は、決して嫌いではない。

姉たちも、叔母も、異性ということもあってか梛義にこんなふうに接してこないので、支倉だけだ。

もし、梛義が女の子なら支倉は気安く触れたりしなかっただろうから、こういう時は男でよかったとも思う。

普段は、「あんた男でしょ」の決め台詞で姉たちにいいように使われているので、男って損だ……とため息をつくのだが。

「いいよ、店番……。バイト代、期待していいんだよな？」

わざと軽い調子でそう笑いかけると、支倉はシレッとした顔で梛義の目の前にあるプレートを指差した。

「前払いしたぞ」

「それ……後出しじゃんけんだろ。無職の将宗さんに、期待したおれが間違ってた」

ふんと鼻で笑って憎まれ口を叩くと、コーヒーを飲み干した支倉が苦い表情で足元を蹴ってくる。

「どうせ、無職だよ。でもな、たんまりと隠し財産があるんだから聞いたらビビるぞ。まぁ今は、手元に円がない……あ！　悪いナギ。ここの勘定、立て替えておいてくれ。散髪のついでに両替してくる。空港からの電車代で、手持ちの円がなくなったのを忘れてた」

「はは……確かに、ビビるな」

胸を張っていた支倉だったが、「円がない」の件《くだり》で声のトーンを落とす。申し訳なさそうに伝票を指差されると、乾いた笑いしか出ない。

「お兄さんが奢ってやる、とか格好いいコト言ってたくせにさぁ」

「だから、今は手元にないだけだ。両替したら、きちんと返す。……すまん」

眉を下げて顔の前で両手を合わせられ、「仕方ないなぁ」と嘆息した。

支倉が、ブランクを一切感じさせない今までどおりの態度だったおかげか……普通に話せる自分に、ホッとした。

《三》

久々に足を踏み入れた叔母の店は、相変わらず雑然としている。

窓から差し込む日光の当たらない位置に置かれた奥の棚に、古書や掛け軸らしき巻物が並んでいる。そうかと思えば、反対側のガラスケースには希少な鉱石の原石が、無造作に置かれている。

ナントカ焼きという大層な銘《めい》のついた大皿や茶碗《ちゃわん》があるかと思えば、舌を噛みそうな国名の少数民族のみが作れる伝統工芸品だという織物が飾られている。

その脇にある、アンティークのテディベアなど七ケタの値札がついていて……誰が買うのだろう。

「おれには、ぶさいくなクマのぬいぐるみにしか見えないんだけどなぁ。そんなにすごいものなのか？」

国内のものは叔母があちこちから収集してきた物品で、外国製のものはきっと支倉が持ち込んでいるのだ。

椰義にしてみれば、価値がわからない品ばかりだが、意外なことに結構売れているらしい。

お得意さんからの個人的な依頼品を手に入れるため、地方へ出向くこともあるそうなので、世の中には物好きがいるものだ。

「ん？　コレは……初めて見たな」

レジの置かれたカウンターの隅に、ハンドメイドらしい勾玉《まがたま》のストラップやブレスレットといったアクセサリーが陳列されており、異彩を放っていた。

「将宗さん……とは思えないから、咲苗さんが作ってるんだろうなぁ」

プライスカードには、ピンクのペンで『恋の叶うお呪《まじな》いグッズ』という一文が。しかも、五百円。高くも安くもない、絶妙な値段だ。

……胡散臭いこと、この上ない。

「おーい、結。あった？」

レジの内側に置かれているイスに腰かけている棚義は、勾玉グッズから目を逸らして店の隅に向かって声をかけた。

数秒後、くぐもった小さな声が返ってくる。

《そのように簡単に見つかれば苦労はない。懸命に捜しているところだ》

声はするけれど、姿は見えない。

先ほどから結は、積み上げられた大きな段ボール箱の中に分け入って、ガサガサと物色している。

今朝までいたという、叔母が置いていったものだろう。

《のんびり休んでおらず、ナギも手伝え》

「だからぁ、目的のものがどんなモノかわからないと、捜しようがないだろ」

捜せとだけ言われても、『なに』を捜せばいいのかがわからないのだから、メチャクチャな要求だ。

理不尽に責められた梛義は、レジカウンターに肘《ひじ》をついて雑多なものが並ぶ店内を見回した。

「ほとんど変わってないなぁ」

梛義がここを頻繁《ひんぱん》に出入りしていたのは、一年以上前なのに……その頃とあまり変化がないのは、商売としては問題アリではないだろうか。

「あの古くさいペルシャ絨毯《じゅうたん》だかタペストリーだか、誰も買わないだろ。三百万……って、冗談にしか見えないし。マジなら笑えねー……」

房のところが擦り切れた織物らしきものの価値は、梛義にはさっぱりわからない。だいたい、値付けがふざけているとしか思えない。

実際に、三年は同じ位置にあるのだ。

「将宗さんも、やっぱり謎の人だよなぁ」

梛義は一生行かないだろう外国の秘境を、独りでうろうろして……きっと、危険もあるはずだ。

中学生の頃は彼の話を冒険談としてワクワクしながら聞いていたけれど、学校で習ったりニュースで見聞きしたりして少しずつ世界情勢が見えるようになれば、不安と心配が募ってきた。

ただ、支倉自身に『危ないところに行くな』という言葉を告げる気はない。

きっと彼は、その類の台詞を聞き飽きていて……椰義からのそんな心配など、望んでいない。

「結、捜すの手伝うから、それが『なに』か教えてよ」

ダメだ。この空間でぼんやりとしていたら、余計なことばかり考えてしまう。

結の捜し物の手伝いをすれば、他のことを考える余裕などなくなるのではと思い、ダンボール箱に向かって声をかける。

数秒の間があり、椰義の目の前に不意に結が姿を現した。

「うわっ、ビックリした!」

前触れなく、ポンと降って湧いた……という表現がぴったりの現れ方をされて、冗談ではなく驚いた。

身体を引いてドクドク激しく脈打つ心臓をシャツの上から押さえていると、結は腕組みをして《むむむ》と唸る。

《……この際、そうするしかあるまい》

「つーか、メチャクチャ驚いたんだけど。瞬間移動、できるんだな。さすが人外だ。でもそれなら、おれの頭とか肩に乗らなくてもいいんじゃ……」

《浮遊も可能だが、あまり気を使いたくないのだ。気が底をつけば、身動きが取れなくなるゆえな。神域……神の加護が得られる空間が近くにあればよいが。それも、ワタシの気と波長が合う神格なら一番よい》

「んー……パワースポットってやつ？　そういえば、近所に神社があるけど。結と相性がいいかどうかまでは、わかんないな」

本堂に続く長い階段の下のところが開けた広場になっていて、このあたりの子供たちの絶好の遊び場所になっている。神社の関係者が設置したのか、隅にはバスケットのゴールまであるのだ。

椰義も、中学生の頃にあそこで文倉とキャッチボールをしたりバドミントンをしたり、いろいろと相手をしてもらった。

姉や妹とはキャッチボールやサッカーなどできなかったし、父親はスポーツ全般が苦手だと誘いに乗ってくれなかったので、身近な大人の男の人と身体を動かして遊ぶのは新鮮で楽しかった。

そういえば、本堂の脇にある樹が『梛《なぎ》』だと……椰義と同じ名前だと教えてくれたのも、支倉だった。

懐かしい神社を脳裏に思い描いていると、結が尋ねてくる。

《ナギはどうだ？　その境内《けいだい》を心地よいと思うか？》

「そうだな……うん、最近はあまり行くことがないけど、好きな場所だ……五月には藤が綺麗で。子供の頃はあそこのお祭りが好きで、何日も前からワクワクしてた」

この数年は、訪れる機会も減り……最近だと、一年ほど前に支倉と花火を見にいったのが最後か。

神社の裏手が少し小高くなっていて、視界を遮るビルなどもないおかげで、隣町との境を流れる川岸の花火大会で打ち上げられた花火がよく見えるのだ。

そうだ。確かあの時に、支倉に対する感情が少し普通ではないのではないかと自覚して……距離を置くようになった。

楽しくて、少し苦い夏の思い出が胸の奥に渦巻《うずま》いている。

梛義の複雑な思いなど知る由もなく、結はうなずいた。

《そうか。ナギとの相性がよいのであれば、きっとワタシとも合うであろう。後でそこに案内してくれ。一度教えられれば、いつでも訪れることができる》

「はいはい、了解です。で、肝心《かんじん》の捜し物は？」

座っていたイスから立ち上がった梛義は、結が見失ったというアイテムの正体を改めて尋ねる。

まだ迷いがあるのか、結はジッと梛義を見上げていたけれど、諦めたように嘆息して口を開いた。

《……鈴、だ。神様から賜った、大切な御鈴なのだ》

「鈴？　って、チリンと鳴るやつ？　音がするなら、捜しやすそう……」

梛義がイメージする鈴は、母親が落としてもわかるようにと家の鍵《かぎ》に取りつけてあるような、銀色の小振りなものだ。

あれなら、わりと簡単に見つけられるのではと楽観的に口にしたけれど、結は難しい顔で首を横に振る。

《そうではない。形態《かたち》は鈴だが、鳴るのは……特殊な条件下でのみだ。日頃からリンリン鳴っているわけではない》

「鳴らない鈴？」

説明されても、やはりよくわからない。けれど、目的物が『鈴』と知れただけでもよしとしよう。

「とりあえず鈴を捜せばいいんだな？　どれくらいの大きさ？　結の持ち物なら、小人サイズか。豆……いや、米粒みたいなものだな」

どこかに紛れ込んでいる、そんなささやかなものを捜そうとしているのか。

……考えるだけで、気が遠くなりそうだ。

遠い目をしているだろう梛義に、結はポツリとつぶやいた。

《それほど小さくはない》

「へぇ？　なんか、想像がつかないんだけど……」

《もとはワタシの手に収まる大きさだが、ワタシから長く離れたせいで既に封印が解けているよう。さすれば、ナギたち人の子の持ち物と同じ大きさになっておるはず。もともと、神具を掌《つかさど》る人の子の手で作られたものだ。ただ、封印が解けていれば……ワタシやナギだけでなく、他の人の子にも見えるかもしれぬ。なにより、ワタシから長く離れすぎると神様のご加護が消えてしまう。神具として働きを成さぬ恐れがあるのだ。せっかく神様より賜ったのに……ワタシのうつけ者め》

結はしょんぼりと肩を落とし、自分の不手際を嘆いている。

それほど大切なものなら失くさないように気をつけろなどと、正論をぶつけられない空気だ。

今の結にそんなことを言えば、きっと泣き出してしまう。

「米粒サイズじゃないなら、まだなんとか捜せそうかなぁ」

《頼むぞ、ナギ》

そう言って梛義を見上げた結の目は、責めたわけではないのに涙でうるうるになっていた。

泣かせないように言葉を選んだつもりなのに、結局涙ぐませている。

ダメだ。こんな顔をされると、うなずく以外にどうすることもできないではないか。

「おれ、小動物に弱かったんだなー……」

《なんのことだ？》

「なんでもない。まぁ、これも結の言う縁ってやつだな。可能な限り協力するよ。じゃ、さっそく取りかかるか」

ふっと息をついて、結がゴソゴソしていた段ボール箱に近づいた。

壁際に積み上げられている段ボール箱は、三つ。

一番上にあるものを覗いただけでも、ガラクタ……いや、棚義が知らないだけで値打ちものかもしれない小物類が、ギッシリと詰め込まれているのがわかる。

「ここから、鈴を捜すのか。まぁ……でも、そのうち見つけられるだろ」

サイズが米粒でなくて、なによりだ。

腰に手を当てて段ボール箱を眺めた棚義は、シャツの袖《そで》を捲《まく》り上げて「よし」と気合いを入れた。

□□□

「ナギ、ただいまぁ。店番を任せて悪かったな」

ドアが開く音と同時に、支倉の声が聞こえる。ビクッと手を止めた梛義は、慌てて振り向いた。

そこには、ボサボサに伸びていた髪をスッキリとした長さにカットしてきた支倉が立っている。

声で支倉に間違いないとわかっていても、一瞬別人ではないかとドキッとしてしまうほど雰囲気が違う。

着ているものは、さっきと同じシンプルな白シャツにジーンズなのに……見事なまでに爽《さわ》やかな好青年へと変貌《へんぼう》を遂《と》げている。確かにこの支倉だと、姉たちが『連れ立って歩くのに最高』と言うわけだ。

「……あの、おっ、お帰りなさいっ。店番って言っても、誰も来なかったけど」

不在の隙に置かれているものを漁《あさ》るなど、ものすごく不審な行動に違いない。

言い訳を用意していなかった梛義は、捲り上げたシャツの袖を戻しながら足元に視線をさ迷わせる。

どうしよう。なんて言えば、不自然じゃない？

そうして梛義がもぞもぞしていると、支倉が大股《おおまた》で近づいてきた。

「ああ、そいつらは神室が置いてったんだけど、なんか面白いモノがあったか？　俺もチラッと覗いただけだけど、相変わらず大雑把《おおざっぱ》に詰め込みやがって。あいつ、分類しようって気もないんだろうなぁ」

梛義の手前で足を止めた支倉は、梛義を不審がっている様子もなく叔母への苦情を口にしながら笑っている。

端《はな》から梛義を疑ってなどいないと、態度で物語っていて……嬉しいやら、申し訳ないやら複雑な心境だ。

ふっと肩から緊張が抜けて、ぎこちなく笑いかけた。

「おれ、も……一番上の箱を見ただけだけど、なんか……すごいよ。これ、土器？　どこの出土品だよ」

梛義が探っていた一番上の段ボールには、縁の欠けた素焼きの器らしきものやひび割れた壺《つぼ》らしきものが、適当に入れられていた。

辛《かろ》うじて割れ物という認識はあるらしく、所々に緩衝剤が挟み込まれてはいるが……本当に『一応』だ。

「その下の箱は、漆塗《うるしぬ》りの器やら装飾品やらの小物が入っていたぞ。えーと……輪島《わじま》じゃなくて、どこだかマイナーな技法の塗りで面白いってさ。地方の、元豪族の蔵から出たとかなんとか。三つの箱、全部別々の地域のモノらしいが」

「あ、相変わらず……だね」

細かなことに拘《こだ》らない、叔母らしい適当さだ。それでも、結構な貴重品らしいとは想像がつく。

こんなところに積んでいないで、専門家に鑑定してもらうべきなのでは……。

「そうだ、ナギ。バイト代出すから、ちょっと手伝わないか？　神室が置いていったコイツらだけじゃなく、何日かしたら俺が送ったものも届く。収集がつかん」

「荷物整理？」

「ああ。大まかにでも分類しないと、鑑定に回すこともできん」

なるほど、専門家に鑑定を依頼する云々《うんぬん》以前の問題か。

納得して苦笑を浮かべたところで、梛義の肩に乗っていた結が、

《引き受けるのだ！》

と、唐突に声を上げた。

それが耳のすぐ傍だったせいで、梛義は眉を顰めて耳元を手で覆った。その仕草に、支倉

は首を捻る。

「ん？　虫でも飛んでたか？」

「う……うん。なんか、羽音がして」

パタパタと手で耳の近くを払い、不審な行動を誤魔化した。

うっかり、「うるさい」とか言わなくてよかった。

結の姿は、支倉には見えないし声も聞こえないのだから、気を抜いてはダメだと改めて自分に言い聞かせる。

「箱の中を検《あらた》めて、埃《ほこり》や汚れを落として……とりあえず神室が戻ってくるまで無事でいられるように、置き方を考えてくれ。俺が下手に触ったら、破壊しそうだ。適当に詰め込んでる自分を棚に上げて、神室に蹴りを入れられる」

「咲苗さん、キックボクシング習ってたっけ。蹴り、強烈だよね」

「ああ。護身用とか言いつつ、あいつの足のほうが凶器だ。学生の時に、痴漢《ちかん》を蹴って足の骨にヒビを入れて、過剰防衛だって怒られてたぞ。コイツらと、俺が送ったものと……遊びながら、ちょっとずつゆっくりでいいからさ」

どうだ？　と笑いかけられて、さり気なく積まれた箱に視線を逃がした。

心臓が……変にドキドキしていて息苦しい。落ち着け、と心の中で必死に自分へと言い聞かせた。

もともと支倉は、端整な容姿をしている。

ただ、くたびれている時は胡散臭さが勝っているので顔の造りにまで意識が向かないけれど、こうして整った状態だとやはり格好いい。

未《いま》だに男っぽくなれない梛義にとって、支倉の長身や肩幅、厚みのある胸板は理想に近い。筋肉のついた腕も脚も、脛《すね》毛に至るまで羨望《せんぼう》の的だ。

こんなふうに考えていることが支倉に知られたら、気持ち悪いと眉を顰められるかもしれない。

だから……無意識に想いが視線に出てしまうのが怖くて、避けていた。距離と時間を置けば、変な意識をすることもなくなるのではないかと期待していた。

でも、久しぶりにこうして近くで接したら、やはり心がザワザワしてしまう。

《ナギ、なにを迷うておる。堂々と捜し物ができるではないか》

そうせっつきながら結に髪を引っ張られたことで、ハッと現実に立ち戻る。

結は、縋る目で梛義を見ていて……大きく息をつき、支倉を見上げた。

ここで梛義が逃げ出してしまったら、目の前にある捜し物の絶好のチャンスがダメになってしまう。

「いいよ。バイト代には期待しないけど、外国の話を聞かせてくれる？」

「それくらい、お安いご用だ。とりあえず、さっきの昼飯代を返しておかないと……だな。

釣《つ》りはいらねぇぞ」

ジーンズのポケットを探った支倉は、使い込んでいることが一目でわかる革の財布を取り出して棚義に千円札を二枚差し出した。

釣りはいらないという男前な言葉に甘えることにして、「ありがと」と受け取る。限られた小遣いをやりくりする高校生にとって、数百円は大きい。

「ああ、あとコレ。銀行の前にある和菓子屋で羊羹《ようかん》と豆大福を買ってきたから、おやつにするか。普段はわざわざ買ってまで食おうと思わないが、久し振りに日本に戻ったらやけに餡《あん》子《こ》を食いたくなるんだよなぁ。中華圏ならともかく中東とかだと豆は主食で、しょっぱいか辛《から》い味付けが多くて、甘く煮るってことがあまりないせいか」

自分で買っておきながら「よくわからん」と言いながら、和菓子屋の紙袋を差し出した支倉にクスリと笑ってしまう。

確かに、豆を甘くするのはアジアでも一部の地域だけかもしれない。

「あそこの豆大福、美味しいよね。大好き」

「よし、じゃあ契約成立だ。とりあえず……茶を淹《い》れてくれ。煎茶《せんちゃ》の、しっぶいヤツ」

「はぁい」

支倉から紙袋を受け取った棚義は、レジカウンターの奥にあるポットやカップを置いてあるミニキッチンへ向かう。

肩に乗っているままの結が、

《よくやったナギ。これで、心置きなく捜し物ができるな》

と、弾む声で言いながらピョンピョン跳ねている。

嬉しそうな結の姿に、支倉への奇妙な感情を抑えることくらいどうということはないと、自分に言い聞かせた。

そうだ。もしかしたら、普通に支倉と接しているうちに勘違いだという結論が出るかもしれない。

変に意識して避けたりするから、ますます妙な方向に思考が向いてしまうのであって……当たり前に、友人のように日常に溶け込ませてしまったら、慣れて心臓が変にドキドキすることもなくなるのでは。

《無事に見つかったら、お神酒で祝杯だ》

弾む足取りで、踊るように肩の上で暴れられると、重量はさほど感じなくても鬱陶しくないわけではない。

「結、大人しくしててよ。……すぐに見つかったらいいねぇ」

一番上の箱には、結の捜し物は見当たらなかったのだが……下の二つのうちの、どちらかにあるのだろうか。

あのサイズの箱なら、三つすべてを隅々まで探ったところでさほど時間はかからないだろうし、簡単に解決しそうだ。

ポットの上に移動した結も同じことを思ったらしく、安堵《あんど》の滲む声で、

《ナギのおかげで、すぐに見つかりそうだ》

そう言って、やれやれ……と笑う。

こうなると、昨夜あそこで結を拾ったのも必然だったのかもしれない。

「ナギー？　茶葉なかったか？　ついでに買ってくりゃよかったかな」

「あ、あったあった！　見つけた！　すぐに用意するから」

慌てて振り向いた梛義は、支倉に言葉を返す。ポットに乗っている結に「ごめん、使うから」と退《の》いてもらい、急いで水を注いだ。

《四》

ドアの手前で足を止めると、スッと一つ大きく息を吸い込んだ。不自然にならないように元気のいい声を意識して、

「こんにちは！」

と口にしながら、大きくドアを開け放つ。

レジカウンターの内側にあるイスに座り、ノートパソコンに向かっている支倉が顔を上げた。

「おー、お帰り。元気だな、若者」

学校帰りなのは、制服姿なので一目瞭然《いちもくりょうぜん》だろう。支倉に「お帰り」と言われるのがなんだかくすぐったくて、椰義は照れ笑いを滲ませる。

「今日のおやつはなにかなー……と思ってさ」

「なんだ、おやつ目当てか。今日は、抹茶餡の生どら焼き。冷蔵庫に入れてあるから、適当に食え」

「あ、すげー嬉しい。友達には地味って笑われるけど、どら焼き好きなんだ」

ここに通うようになってすぐ、放課後は空腹だとぼやいて持参したパンを齧っていた梛義に、支倉は「おやつくらい俺が食わせてやるよ」と笑った。以来、日替わりでおやつを用意してくれるのだ。

昨日はマドレーヌとフィナンシェで、一昨日《おととい》はシュークリームだった。三度目の今日は、どら焼きらしい。

どれも、特に珍しいお菓子ではない。コンビニで簡単に手に入るものばかりで、きっと支倉自身の朝食か昼食ついでに購入してくれているのだろう。けれど、梛義のことを考えて用意してくれる心遣いが嬉しい。

「どら焼き、久し振りだ」

うきうきとキッチンスペースの隅にあるワンドアの小さな冷蔵庫を開けて、どら焼きを摑んだ。

支倉の隣にあるイスに腰かけると、さっそくどら焼きのパッケージを開ける。

「家で夕食前におやつを食ってると、姉ちゃんたちに晩ご飯が不味《まず》くなるだろうって文句を言われるんだよね。あれは絶対、目の前でクッキーとかポテチを食うおれに八つ当たりしてるんだ。ダイエット中って言いながら、自分たちもケーキとか食ってるクセに」

理不尽に後頭部を殴《なぐ》られたことを思い出して、顔を顰《しか》める。

しかも、気を遣ったつもりでお裾分けをしようと、「食う？」と差し出した直後、「いらないわよっ！」と恐ろしい形相で睨みつけられたのだ。

顰め面《つら》をしている梛義に、支倉は笑って「女ってやつはそんなもんだ。諦めろ」と慰めにならない台詞を零す。

「夕飯までもたないのは、よくわかる。俺も、十代の頃はブラックホールのような胃袋だったなぁ。今じゃ、まず無理だろってくらい無限に食えてた」

「食費がかかんなくて、いいんじゃない？　やっぱり三十路になったら、エンゲル係数って低くなるもの？」

遠い目をする支倉に、わざと憎たらしい口調で答える。

支倉は梛義の頭を軽く小突いて、「バカやろ」と苦笑した。

「俺はまだ、二十九だ。三十路には半年ばかりある。……おまえ、エンゲル係数って覚えたての言葉を使いたいだけだろ」

ニヤニヤ笑ってそう続けられ、露骨《ろこつ》な子供扱いにカッと頬が熱くなった。

「違うっ。おれは小学生のガキかよっ」

ムキになって言い返すと、声を上げて笑われてしまった。

支倉は、こんなに意地悪な人だっただろうか。……そうだったような気もする。

余裕のある大人で、格好よくて……と、少し距離を置いているあいだに、梛義の中で勝手に美化していたに違いない。

でも、こうして少しだけ意地の悪いからかわれ方をしても、嫌だとは微塵《みじん》も感じないのが……困る。

「いただきます」

不貞腐れたふりをして、うつむいてつぶやくとどら焼きに齧りついた。

今は神社に気を補充しに行っている結がここにいたら、《どら焼きとは美味しくないものなのか？》と首を捻られそうだ。

そう頭を過《よぎ》った直後、黙々と齧っていたら支倉にも同じように思われているのではないかとハッとして、顔を上げる。

「お、美味しいっ」

焦ったせいで、少しばかり不自然な響きだ。取ってつけたような言葉になってしまったかもしれない。

「本当だからな」

慌ててそうつけ加えたせいで、更に墓穴を掘ったか？　もう、なにも言わないほうがいいのでは。

自分の粗忽《そこつ》さを内心嘆きながら、そろりと支倉の様子を窺うと……右手で顔を覆い、肩を震わせていた。

なに？　笑っている……？

「おまえ、面白いな。俺は美味《うま》いのかとも不味いのかとも聞いてないのに、一人で変に気ぃ遣って、ジタバタして……っくく」

「だ、だって黙ってたら変だろ。でも、無理やり心にもないこと言ったみたいになって……なんか、おれ……バカみたいだ」

それらの根底にあるものが、支倉に嫌われたくないという下心だと思えば、尚更だ。

支倉はいつでも自然体なのに、梛義だけが平常心を保てなくなっている。

「バカとは言ってないだろ。イイ子だなー。姉ちゃんたちがイジリたくなるの、ちょっとだけわかるな。おまえみたいに素直だと、絶好のオモチャだ」

「……将宗さん、何気に酷いこと言ってるんだけど」

イイ子だと言われたのが照れくさいのと、『子』呼ばわりが不満なのと、イジリたくなるのがわかるという台詞は酷いのではという憤りと……複雑に交錯して、どれに反応すればいいのかわからなくなってしまった。

結局、力なくつぶやいた梛義に、支倉は目をしばたたかせて首を捻る。

「あー……？　ああ……確かにそうかも。でも、俺だけが悪いんじゃない。おまえが可愛いせいだな」

気負いのカケラも感じさせず、支倉の口からスルリと『可愛い』という一言が出て、首から上が熱くなる。

こんなので嬉しがるなよ、おれ！　と自分を叱咤《しった》して、どら焼きを持つ手にグッと力を込めた。

「人に責任転嫁するなよ。それに、か……カワイイって、サイズのことか？　おれが女の子ならセクハラ発言だし、男のおれにとっては屈辱だ。フォローになってないだけじゃなくて、全然嬉しくないっ」

「ははは、そりゃ悪かったな。つーか、口が達者になりやがって。生意気な。で、どら焼き潰《つぶ》れてるけど、いいのか？」

「あ……」

よくない。せっかくのどら焼きなのに、皮が破れて餡子がはみ出し……悲惨な見てくれになってしまった。

「味は変わんないし」

自分の言葉に自分でうなずいて、証拠隠滅とばかりにそそくさと頬張る。最後の一欠片《ひとかけら》を口に入れて咀嚼《そしゃく》していると、支倉がなにやらしみじみとつぶやいた。

「……でも、ちょっとだけ安心したよ」

「なにが？」

椰義はどら焼きを包装していたセロファンを手の中で丸めながら、今の会話のどこに安心するのだとわずかに眉を顰めた。

チラリと横目で見遣った支倉は、梛義をジッと見ていて……さり気なく視線を逃がす。

慣れれば平気だと思っていたけれど、至近距離で視線を絡ませてしまうと、やっぱり心臓が落ち着かなくなる。

支倉の、この顔面が悪い。

男として生まれたからには、こうなりたい。

そんな梛義の理想を、ギュッと詰め込んだみたいな……端整で、そのくせ男らしく凛々《りり》しい顔のせいだ。

心の中で梛義がそんなことを考えているなどと、想像もしていないのだろう。支倉は、マイペースでのんびりと言葉を続ける。

「おまえ、一年ちょっと前くらいからここにあまり寄りつかなくなって……俺、なんか嫌がられることを言ったか、しでかしたか？　って考えてたんだ。神室は、お年頃なんだから同級生の友達や女の子と遊ぶほうがいいだけでしょ、とか笑いながら言ってたけどさぁ……彼女ができたわけじゃないんだよな？」

最後の一言は、疑問というよりも確認の口調だ。

きっと、梛義が口走った「彼女いない歴イコール年齢」という情けない言葉を憶えているのだろう。

すんなりうなずくのはなんだか悔しいけれど、今更嘘をつくこともできない。

「そう……だけど。別に、将宗さんが嫌で避けてたってわけじゃ、ないし」

ぎこちなくうなずいておいて、言い訳じみた言葉をポツポツとつけ足す。

本当は、意図して避けていた。でもそれは、支倉が語ったような意味ではなく……むしろ、正反対の理由だ。

そんなことを支倉自身に言えるわけがなくて、手の中に丸めているセロファンを握り締める。

「捨ててくる。ごちそうさまでしたっ」

居たたまれなくなって、勢いよくイスから立ち上がった。

支倉に背を向けてセロファンをゴミ箱に投げ入れ、密かに大きなため息をつく。

「おやつも終わったし、昨日の続き……だね。一番上の箱は、全部出したから……二番目の箱、開けるよ」

制服の上着を脱いでイスに引っかけると、シャツの袖を捲り上げる。

支倉と目を合わせることがないまま、店の隅に敷いてあるレジャーシートを目指した。

箱から出したものをそのシートに並べて、種類別に纏め……埃や土がついていたら、丁寧に布で拭き取って綺麗《きれい》にする。

単純作業だが、嫌いではない。たまに変わったものが混ざっていて、面白い。

ただ、結の捜している『鈴』は、まだ見つからないのだが。

「硯《すずり》かな。で、こっちはなんだろう。箸《はし》置き……いや、女の人の髪飾りかな。これは簪《かんざし》ってやつか？」

当初、すぐに見つかるだろうと楽観視していた自分が悔《く》やまれる。こんなに細々としたものが、雑多に詰め込まれているとは……想定外だった。文房具や装飾品が色々と出てくるが、鈴は一つもない。

しっかり注意しているので、見落としていないとは思うのだが……。

「変わったものがあったか？」

「……ッ」

目の前の箱に神経を集中させていたせいで、支倉が隣にしゃがみ込んでいたことに気づかなかった。

思いがけず近くから聞こえた低い声にビクッと手を震わせてしまい、持っていた物を落としてしまう。

「あ！　……壊れ物じゃなくてよかった」

慌ててシートに落ちた簪を拾い上げて、ホッと肩の力を抜く。

支倉は椰義の動揺など気づきもせずに、手元を覗き込んできた。

「なんだ？　箸……じゃないな」

「たぶん、これも簪。キレーな細工だな」

漆塗りだろうか。艶《つや》やかな黒と赤が絶妙に混じり、金の箔《はく》で繊細な花模様が刻まれている。先端部分には、金細工の柳の葉のようなものが幾筋も垂れ下がり、動かしたらシャラシャラと小さな音がする。

「素人目《しろうと》で見ても、高そうなんだけど……こんなふうに無造作にダンボール箱に入れてて大丈夫なもの？」

「さぁな。漆関係は、湿度やらに敏感だと思うが。まぁ……もともと、どこかの蔵だか物置だかに放置されてたみたいだし、意外と図太い神経してるんじゃないか？」

「……神経、はないと思うけど」

当然のように擬人化する支倉に、クスリと笑ってしまった。

この人の面白いところは、こういう部分だ。世の中の三十歳手前の男性が、みんなこんな雰囲気ではないだろう。

姉たちに言わせたら、胡散臭いとかふらふらして地に足が着いていない、と辛《しん》らつな批評になるのだが、椰義は『大人』と言い切れない支倉が好ましい。

「ビビらせるつもりはなかったんだが、そんなにビックリしたか？」

椰義が手に持っている簪をつついた支倉は、「おまえ、何センチか浮いたぞ」と冗談めかして笑う。

小心者だと揶揄《やゆ》する口調ではなかったけれど、必要以上に驚いた自覚のある椰義は威勢よく反論できなくて、ボソボソと言い訳を返す。

「将宗さん、全然気配がなかったから……さ。デカい図体なのに、どうやって存在感を消しているのか不思議だ」

支倉は元来目を惹くタイプだと思う。体格がいいし、顔立ちが整っているのに加えて纏う空気が独特だ。華があるとでもいうか、本人が望まなくても人混みに埋没することはないはずだ。

でも、たまに空気に溶け込んでいたのかと思うほど気配を感じない。まるで、狩りをしようと身を潜める野生の肉食獣だ。

「ウドの大木みたいに言うな。まぁ、気配を殺すのは習慣だ。目立っていいことは、あまりないからなぁ」

「……危ないところ、うろつくからだ。……チュニジアの前は？」

「リビアと、アフガニスタン。その前は、キプロス。別に、好きで危険地帯を選んでいるわけじゃねーぞ。手つかずの遺跡やら骨董品《こっとうひん》なんかがあるのが、俗に言う秘境みたいなところばかりってだけだ」

馴染みの薄い国ばかりでも、物騒なニュースで耳にすることが多い国名だということは確かだ。

単身でそんなところをうろついていたらしい支倉に、ギュッと眉間に皺を刻む。

「だから、怪しまれて職質されるんだ」

以前、支倉が語っていたことを思い出す。

この前と同じように、くたびれた風貌で帰国した直後だった。散髪と買い物に行くと出かけたきり、やけに長く戻ってこないと思っていたら……途中でパトロール中の警察官に呼び止められ、交番に連れていかれたらしい。

「おまえ、よく覚えてるなぁ。仕方ないだろ。あの時は、身分証明書がパスポートしかなかったんだ」

「で、あんまり観光に行く場所じゃない国の出入国スタンプがズラッと並ぶパスポートを怪しまれて、交番に連行された……と」

「途中からは、ただの茶飲み話になってたぞ。アッチで原住民の住居にホームステイさせてもらった話を、やたらと面白がられてなぁ。ケーサツって暇なのか？」

それも、支倉らしい顚末《てんまつ》だ。

彼は、自然体で人を惹きつける空気を持っているのだ。だから、原住民に受け入れてもらうことなどもできるのだろう。

「おれは、たぶん一生行かないと思う国ばかりだな」

「おいおい、決めつけるな若者よ。おまえの歳なら、やろうと思えばなんでもできるだろ。ただ、無謀と勇気は別だってことは忘れるな。無茶をやれば格好いいんじゃないからな。前に出る度胸より、引く決断のほうが大事だ」

「日本人は平和ボケしてる、ってよく言われてるもんね」

テレビで頻繁に耳にするお決まりの文句を口にすると、支倉は苦い表情を滲ませた。

数秒の沈黙の後、重そうに口を開く。

「……ナギは、海外に出て一番怖いのはなんだと思う？」

そっと窺い見た支倉は、真顔だった。

よく目にする、茶化そうとか梛義をからかおうとする雰囲気ではなくて、釣られて真剣に答える。

「怖い？　なんだろう。強盗とか？　あ、秘境だと遭難かな」

怖い、という一言だけでは妙に抽象的だ。梛義には、そんなありきたりな答えしか思い浮かばない。

支倉は、静かに解答してくれた。

「知らない、ってことだよ。文化や風習を知らないと、日本ではなんでもないことがその国では重罪だったりする。捕まるだけならまだいい。下手したら命に関わる。以前、エジプトの観光地で起きた銃の乱射事件でも、犠牲者の大半は日本人旅行者だった。それは何故か。他国からの観光客は、一発目の銃声で反射的に地面に伏せたんだ。でも、日本で普通に生活していると、銃声がどんなものか知らないだろう。なんの音だ？　ってキョロキョロしているうちに、撃《う》たれた」

「あ……、それは、想像がつく」

きっと梛義がそこにいても、同じように咄嗟に反応することなどできなかっただろう。それどころか、首を伸ばして音の発生源を探そうとしたかもしれない。

「海外……特に発展途上国だと、日本の常識が通じないことのほうが多い。まぁ、ボケられるくらい平和な国で生まれ育ったってことは幸せだし、感謝しねーとなぁ」

「……うん」

そう言いながらポンと頭に手を置かれて、いつになく素直にうなずいた。

数々の経験を積んでいるに違いない支倉の口から出た台詞は、狭い世界しか知らない梛義には重い。

「素直でよろしい」

今度は、頭に置いた手でくしゃくしゃと髪を撫で回された。大きな手は粗雑に触れてくるようでいて、優しい。

心臓が鼓動を速くするのを感じ、わざとぶっきらぼうに支倉の手を払った。

「ガキじゃないってば。……話を聞いてるだけだと面白いことも多いし、ジョーンズ博士みたいで格好いいけど、怪我とかしないでよ」

動揺を誤魔化すために、少し早口でそう告げる。

支倉は、手を振り払われたことで不快さを滲ませるかと思ったけれど、唇に微苦笑を浮かべた。

「おまえ、やっぱりそれを言うんだな」

「やっぱり？」

「インディ・ジョーンズ。初めて逢った時も、俺に『インディ・ジョーンズかと思った！』って、目ぇキラキラさせて……いやぁ、あれは可愛かったな。まぁ、今もサイズはあまり変わらんが」

先ほどまでの真面目な表情と口調の主とは、別人みたいだ。

あっという間に普段どおりの支倉を取り戻して、ニヤニヤ笑いながら椰義をからかってくる。

だから椰義も、神妙にしていられなくなった。

「大して育ってなくて悪かったなっ！　だって、その前の日に映画を見たばかりで……将宗さん、本当に映画のイメージそのままだったんだ」

椰義自身は忘れていたことを、支倉はしっかりと記憶していたらしい。言われてようやく思い出し、子供じみた発言の恥ずかしさに頰を染める。

あの時の支倉は、ハッキリ言ってむさ苦しくて薄汚れていて……職務質問されても仕方がないレベルの不審人物だった。

でも、中学に入ったばかりの梛義には無精髭を生やしたぼさぼさ頭の大男が、男らしくて格好よく見えたのだ。

思わず、「弟子《でし》にしてください！」と目を輝かせて口走ったことも……憶えているのだろうな。

その後、身嗜《みだしな》みを整えた支倉のあまりの変貌に、啞然《あぜん》として絶句した。我に返ったら、今度は気後れして遅ればせながら人見知りを発揮してしまい……もじもじしていると、支倉自身に爆笑されてしまった。

支倉曰く、

「この俺を知っていて、汚い状態で逢った時にドン引きされることは慣れっこだが、逆のパターンは初めてで新鮮だ」

と。

諸々《もろもろ》を含み、梛義にとってはなんとも苦い思い出だ。

「成長過程だろ。悪いとは言ってないだろうが」

「同じようなもんだって。やっぱり、将宗さんは将宗さんだ。心配して損した」

憎まれ口を叩いて、ふいっと顔を背けた。

危険を身近なものとして実感を込めて語れるほど、危うい日々を送っているのかと……ジワリと湧いた不安を振り払う。

やはり支倉にとって、椰義など初対面の十三歳の頃と変わらないイメージなのだろうと、複雑な気分になる。

そう落胆しかけた時、支倉が予想もしていなかったことを口にした。

「おまえ、ちょっと見ないあいだに大人びた表情をするようになったなぁ。子供の成長って、早いねぇ。俺も歳を食うわけだ」

「いきなり、なにしみじみと言ってんだよ。この前は、年寄り呼ばわりするなって怒ってたくせに」

唐突な言葉の意図が読めず、苦笑して言い返しながら隣の支倉を見上げる。

近距離で目が合った支倉は、思いがけず真顔で椰義を見ていて……ドクンと心臓が大きく脈打った。

「十八……か。しっかし、全然むさ苦しくならないのはなんでだ。俺が十八の時は、もっと男くさかったぞ。腕とかつるつるだし……もしかして、脛毛も薄いのか？　ちょっと見せて見ろ」

そう言うと、唐突にズボンの裾を捲り上げられた。椰義が止める間もなく、大きな手で脛あたりを撫でられる。

ザワッと奇妙な感覚が背筋を這《は》い上がり、慌てて支倉の手を振り払った。

「な……っ、やめろよセクハラッ‼」

「コラ。ヤラシー言い回しをするな。つーか……マジで手触りがよかったんだけど。最近の男子高校生ってやつは、みんなおまえみたいなのか？」

「知らねーよ。道行く高校生を捕まえて、手当たり次第に触ってみたら？」

「バカ者。不審者として通報されるだろうが。だいたい、おまえじゃなけりゃ、男の足に触ろうとか思えねぇし」

「お、おれ限定のセクハラ宣言なんて、メーワク……だ」

どう切り返せば正解なのかわからなくて、しどろもどろに言い返す。

ダメだ。どんどん首から上に血が集まってくるのがわかる。顔中が熱いので、きっと支倉からも見てわかるほど真っ赤になっている。

唇を噛み、うつむいて足元を睨みつけていると、隣にいる支倉が大きく息を吐くのが伝わってきた。

「おまえ、なぁ。妙な気分になりそうだから、変な照れ方するなよ」

ぽつりとつぶやいた支倉の声は、いつになく弱っている雰囲気で……槲義は焦りが増すばかりだ。

意地悪くからかってくれたら、ツンケンと反論できるのに。

「お……おれが、悪いのかよ」

なんとか言い返しながら、顔を上げる。直後、支倉とまともに視線を絡ませてしまい、もうなにも言えなくなってしまった。

どうして、そんな目でこちらを見ているのだろう。

まるで……初めて遭遇した、奇妙な生き物を観察しているみたいな不思議そうな色を滲ませていて、なんとも形容し難い表情だ。

梛義がこれまで知っていた支倉とは、どこか空気が違う。

ただ、なにが違うのか、どうして逃げたいような怯《おび》えに似た気分になっているのか説明がつかない。

「なんで、そんな目……してる？」

「……そんな、って？」

どんな目なのか、自分ではわからない。梛義も、支倉のように不思議そうな顔になっているのだろうか。

耳の奥で激しく響く心臓の音だけが、やたらとリアルだった。

「あー……こいつは、なんかしないといけない空気だな。もともと、大したモラルは持ち合わせてないって自覚はあったが……それにしても、なぁ。なんで、やたらとおまえが可愛く見えるんだ？」

「な……に、が。よく、わかんな……」

支倉がポツリポツリと口にする言葉の意味をうまく捉えられなくて、ぎこちなく首を左右に振る。

そのあいだも、支倉から目を逸らすことができなかった。

支倉が、ジッと椰義を見ているから。息が喉の奥で詰まったみたいになって、苦しくて……逃げられない。

肉食獣に睨まれた草食動物が、こういう気分になるのかもしれない。不用意に動けば、即座に飛びかかられて捕食されてしまう。

そんな……危うい空気が漂っているみたいだ。

「将宗さ、ん。なんか……怖いよ」

冗談にして逃げてしまおうと、ようやく口を開く。無理やり笑ったけれど、そうするには少し遅かったのかもしれない。

椰義を凝視していた支倉の目に、ジリッと種火のようなものが灯るのがわかった。

「怖い、か。そう感じるって程度には、おまえもガキじゃないってことだな。っくそ、ガキのまんまだったら……俺も血迷ったりしなかったのに」

どこか腹立たしげに低い声でそう言って、椰義から目を逸らす。

その直後、

「ま、将宗さんっ」

大きな手が伸びてきて、スルリと首筋を撫でられた。

支倉の体温を感じるのと同時に、悪寒とはなにかが違う震えが全身に走り、ビクンと肩を震わせる。

「そんな声、出すなって。……嫌なら、殴って逃げろ」

逃げろと言いつつ、支倉の左腕は梛義の首に巻きついている。

本気で振り解《ほど》こうとすれば逃れられない強さではなかったけれど、そうして支倉の腕に捕われているせいだと自分に言い訳をして、抗《あらが》おうとする動きを止めた。

「逃げないのか？　……っとに、知らねーぞ」

「………」

最後通牒《つうちょう》だとばかりに、ボソッと口を開いた支倉は……無言の梛義にそれ以上なにも言うことなく、端整な顔を寄せてきた。

逃げるなら、今が最後のチャンスだ。梛義に逃げる猶予《ゆうよ》を与えようと、支倉はゆっくりと距離を詰めてきているに違いない。

でも、動けない。逃げられない。いや……本当は、逃げたくない。

吐息が唇を撫でて、反射的にギュッと瞼《まぶた》を閉じる。直後、やんわりとしたぬくもりが唇に触れるのを感じた。

……どうしよう。将宗さんと、キス……。

とんでもないことをしていると頭ではわかっているのに、少しも動けない。手も、足も、指先を動かすことさえできない。

　支倉の手が梛義の頭を挟み込み、指先で髪を撫でる。

「……ッ」

　濡れた感触が唇の隙間から潜り込んでこようとしたところで、ようやくわずかながら身体を動かすことができた。

　そうして梛義が硬直を解いたせいか、頭を挟み込んでいた支倉の手と触れ合わされていた唇が離れていった。

　咄嗟に口元を右手で覆い、うつむく。

　なにをどう考えても、キス……だった。

　ここはラテンの国ではない。キスが挨拶《あいさつ》にならない日本だと、軽く笑えない空気が漂っていて、冗談で終わらせることができない。

「……悪い、つい」

　気まずそうに、低くそう言われて、胸の奥が鈍い痛みを訴える。

　謝られると、胸の奥が痛いのはどうしてだろう。

　そんな気はなかった？　つい、ってなんだ？

　心臓が、キリキリしている。苦しい。

　嫌ではなかった。逃げられたのに、梛義は逃げないことを選択したのだ。

「あ、謝んないでよ。押さえつけられて、無理にされたってわけじゃないんだから。おれ、嫌がってなかっただろ」

息苦しいようなこの想いの正体は、なんなのか。

触れられて、うるさいほど心臓の鼓動を速める理由は相手が支倉だからだと、気づかないふりはできない。

胸の内側が、甘く、くすぐったいものでいっぱいになっていて……苦しい。

「どんな顔で言ってんだ？　下、向くなよ。表情が見えないの、怖いだろ」

「ぁ……」

頬に手を押しつけられて、ビクッと顔を上げる。

目が合った支倉は、これまで椰義が目にしたことのない表情でこちらを見ていた。

ほんの少し目を細めて、迷うような……なにかを探すような、少し不安そうな。

いつもは、無敵だと言わんばかりの言動をしている支倉も、こんな顔をするのだと初めて知った。

「嫌じゃなかった、か？」

「うん」

質問に椰義が迷わずうなずくと、支倉は「はー……」と大きなため息をついて、唇に微苦笑を滲ませた。

「参ったな。おまえ、マジでカワイーわ」

「かわ……っ」

可愛いなどと言われても、嬉しくないと言っているのに！

そう反論しかけた言葉が、中途半端に途切れてしまう。支倉の両腕の中に、抱き込まれたせいで……。

「なんか、色々ヤバいよなぁ。でも、細かいことが全部頭から吹き飛んで、おまえに触りたくて堪《たま》らなくなったんだよ」

普段の自信と強気が鳴りを潜めた、いつになく優しい響きの声に、心臓がどうにかなりそうだ。

なにか、なにか言わなければならない。そうしないと、身体の内側をグルグルと巡る熱が行き場を失い、焼き尽くされそうだ。

「ッ、だ……ダメなオトナ……」

抱き込まれた支倉の腕の中、胸元に顔をくっつけているせいもあって、不明瞭でくぐもった声になった。

けれど、支倉の耳にはきちんと伝わったらしい。

「そうだな。否定しない」

静かに答えられ、もうなにも言えなくなってしまった。

抱き締められた腕の中で、ただひたすら身体を硬くして「なにか言ってくれ」と心の中で支倉に懇願する。

「前からおまえは特別だったけどなぁ……こういう対象にする気はなかった、っていうかしちゃならんと頭のどこかで自制していたんだけどな。なーんか、制御していた手綱がいきなり切れた感じだ」

「おれ、男……なのに」

「あー……俺はもともと、好みなら男だろうが女だろうが関係ないな」

「おれっ、将宗さんの好みから外れてない……？」

「そういう意味では、怖いくらいど真ん中だよ。一年ぶりくらいに顔を合わせて……変わってないとか言ったが、嘘だ。キレーな顔はそのままで、大人びた雰囲気がチラチラ覗くようになって、でも子供の無邪気さも残ってる。……そのアンバランスさが、危うくて妙な色気になってる」

「色……っ」

……この人、臆面《おくめん》もなくストレートにこんな台詞を吐く人だったのか。

あまりにも恥ずかしい言葉の数々に、梛義は絶句するのみだ。

「おい、逃げないのか？　俺のもんにしちまうぞ？」

「ッ……あ、の、でも、咲苗さん……が」

――あの二人、友達とか言いながらつき合っているんじゃないの？　とか。似たような趣味なんだし、よっぽど気が合うのね。さっさと結婚しちゃえばいいのに、とか。

姉や母の言葉が、頭の中を渦巻いている。本当のところは、梛義も含めて誰も知らないのだ。

梛義も、これまで叔母や支倉に直接問い質《ただ》そうとしなかった。聞いたところで、きっと子供扱いされてはぐらかされると、予想がついたから。

しどろもどろに叔母の名前を出した梛義は、支倉のわずかな動揺を見逃さなかった。梛義を抱き込んでいる腕に、一瞬だけ力が増したのだ。

「あー……アイツには内緒だ」

ポツリとつぶやかれた言葉を、追及することはできなかった。

やはり叔母とつき合っていて、そこに割り込む形になってしまったのかと頭を過ったけれど、気づかないふりをして支倉のシャツの脇腹をギュッと握り締める。

梛義が知らないふりをしていたら、支倉とこうして特別なつき合いができる。

気づかなければ、望んではいけないと心の奥で自戒していたものに、手を伸ばすことができる。

叔母への罪悪感と、自分のズルさへの自己嫌悪を無理やり握り潰して、見えないところに押し込めた。

こうして抱き込まれていると、ドキドキ……する。女の子たちや、他の誰にも感じなかった甘苦しさを、支倉だけが呼び覚ます。

長い腕の中にすっぽりと抱き締められるのは心地よくて、長く動けずにいた。軽く背中を叩かれ、そろりと顔を上げた……ところで唐突に現実が押し寄せてくる。

「あ……あっっ！」

支倉の肩の向こうに、なんの前触れもなくポンと結が現れたのだ。神出鬼没という表現がピッタリだ。

突然、場の空気を破壊する声を上げた梛義に、支倉は目を瞠《みは》って「なんだ？」と梛義の背から手を離した。

《ナギ、ただいま戻ったぞ》

最初の数回は驚いていたけれど、今では突然結が現れても普通に受け止められるようになった。慣れというものは恐ろしい。

ただ、今は状況が普通ではない。慌てて支倉から身を離して、激しく脈打つ心臓をシャツの上から押さえる。

「あー……なんか、悪い」

「ち、違う。将宗さんが謝ることなんか、なにもないっ」

結を気にしての梛義の行動は、支倉から逃れようとするものだと受け止められたのかもしれない。

でも、不自然に身体を離した理由など説明できなくて、しどろもどろに口を開く。

「なんか、急に現実感が戻ってきた……っていうか……は、恥ずかしさがドッと押し寄せてきて」

結は、支倉に抱き締められている棚義を目にしたに違いない。変だと感じなかっただろうか。

今の会話も、結にとっては意味のわからないもののはずで……どこに向かって言い訳をするのが先決か、迷うばかりだ。

《あそこの社の気は、心地よいな。おかげで、清々した》

「…………」

同じ空間に支倉がいるせいで答えられなくて、目だけで「それはよかった」と結に返す。

棚義が教えた神社で気を補充してきた結は、心なしか顔色がよくなって生き生きとしている。

周りの空気まで、キラキラ輝いているみたいだ。

《で、アレはまだ見つからぬのか?》

……人に捜し物を任せておきながら、偉そうな言い方だ。

文句を返してやりたいけれど、支倉が視界の端に映ったことでギリギリのところで言葉を呑み込む。

「ナギ？　悪い、怖がらせたか？」

ついさっきまで支倉に抱かれていた梛義が、背を向けて黙り込んでいるせいで、誤解されてしまったようだ。

慌てて振り返り、もごもごと言い訳を口にした。

「違うっ。将宗さんは怖くなんかない。ただ、その……そうだ、門限が近いから。帰宅が八時を過ぎたら、姉ちゃんたちに文句を言われるし」

「ああ……そうか。そうだな。じゃあ、また明日に続きを頼んでいいか？」

「……うん。また明日」

そううなずいて見詰めることで、支倉を怖がっているのでも、先ほどのキスや抱擁《ほうよう》が嫌だったわけでもないと、伝える。

ぎこちないながらも梛義がうなずいたからか、支倉は少しだけホッとしたように表情を緩ませた。

視線で結に「帰るよ」と伝えて、支倉にぎこちなく笑いかける。

「どら焼き、ごちそうさまでした」

「ああ。明日のおやつはなにがいい？　リクエストがあれば、受けつけるぞ。つっても、コンビニか近所で手に入るものになるが」

「おれは、なんでも好き。甘いのも辛いのも、しょっぱいのも……食えないものはない。将宗さんが食べたいものに、つき合うから」

普段より早口で言い残すと、置いてあった上着とバッグを掴んで店を出た。

気を補充した結は、身軽そうに空中を浮遊して、小走りで夜道を行く梛義の後を追いかけてきた。

《ナギ、そんなに急がずとも……時間切れまでには、まだ半刻ばかりあるだろう。マサムネも不思議そうにしておったぞ》

結に、どうしてそんなに急いで店を出るのだと尋ねられても、巧みな言い訳が思いつかなかった。

自宅への最短距離ではなく、わざと町内を大回りして夜風を全身に受ける。

《ナギ、家はそちらではないだろう》

「いいんだよ。寄り道、したかったから。……コンビニ！」

ちょうど目の前にコンビニエンスストアが見えて、絶好の言い訳の材料を得た。

二車線の車道を挟んだ向こう側を指差すと、車の流れが途切れていることを確認して小走りで横断する。

まだ顔が熱い。間違いなく、頬が火照《ほて》っている。

このままの状態で家に帰れば、勘のいい女どもに「なんか変じゃない？」と指摘されるかもしれない。
《道草か。ナギはまことに、こんびにが好きよのぅ》
「……若者は、たいていみんな好きだよ」
帰宅するまでに、少し時間を置いて冷静さを取り戻したかった梛義にとって、煌々《こうこう》とした
コンビニの灯りはいつになくありがたく見えた。

《五》

イスに座った梛義《なぎ》は、ペンケースに腰《こし》かけている結《ゆい》に今日の報告をする。

「二つ目の箱には、珍しい小物がゴチャゴチャ入ってたけど、鈴らしきものは一つもなかったよ」

《ううむ……あそこだと思うたが、違うたか？　箱の中ではなく、別の場所なのかもしれぬな》

梛義が使っているデスクの隅を寝床にしている結との反省会は、一日の終わりの恒例行事となりつつある。

梛義の言葉を聞いた結は、腕を組んで難しい顔をした。

「待って。あそこじゃないかもしれない、って……本気？　聞き捨てならない台詞《せりふ》だな。結が確信を持った言い方をしてたから、おれは箱を必死で探したんだけど」

その箱も、残り一つとなってしまった。

一番下になっていた箱には、どんなものが入っているのかわからないけれど、本当にあそこにあるのか不安になりかけていたのだ。

結自身にまでそんなふうに言われると、ますます不安が大きくなる。

《そ、そのように怖い顔をせずともよいだろう。長く手元から離れているせいで、気配が薄いのだ。あの店の中にあることは、確かだが……》

椥義が険しい表情になったせいか、結が宥《なだ》める口調でそう続ける。

店の中にあることは確か、か。それすら疑わしい。

「おいおい、一気に捜索範囲が広がったぞ。だいたい、持ち主の結が積極的に捜すべきだよなぁ。なんで、おれが必死になってんだろ。そのあいだ、結は神社で空気浴？　あ……よく考えたら、理不尽だ。おれ、怒ってもいいんじゃね？」

椥義の機嫌がどんどん降下していくことを察したのか、普段は尊大な態度の結が珍しく重ねて宥めようとしてくる。

《それは、申し訳ないと思うておる。気を養わねば、こうしてナギと話すこともできぬようになる恐れがあるのだ。ナギがワタシのために懸命に捜してくれておるのは、ありがたいと思うておるぞ》

「本当に？」

《無論。……そういえば、ナギ。マサムネとくっついて、なにをしておったのだ？　二人とも、気が乱れておったぞ》

唐突に『気の乱れ』を指摘され、心臓が大きく脈打つ。

動揺をうまく隠すことができずに、視線を泳がせて結に聞き返した。

「……ッ、気が乱れてたって、そんなことがわかるのか？」

《ワタシは人の子の気に敏《さと》い。それくらいはわかる。しかも……なにやら、妙な気ではなかったか？　あれは本来、男女の間で漂うものと思うておったが》

チラリとこちらを見上げた結の指摘は、恐ろしいまでに的確だった。神の使役《しえき》……人外の存在なのだと、再認識する。

椰義はもう下手《へた》な言い訳をすることもできず、唇《くちびる》を引き結んで自分の手元に視線を落とした。

結に、理解してもらえるだろうか。

その、本来なら男女間での気の乱れが自分と支倉《はせくら》のあいだに生じるのは、椰義自身が望んだことなのだと……。

言葉を探して椰義が黙り込んでいると、視界に結の顔が割り込んできた。

「ッ！」

驚いて背中を反らすと、結が椰義の手の甲に這《は》い上がってくる。

なにを言われるのかと身構える椰義に、予想外なことが起こった。肩を落とした結が、申し訳なさそうに口を開いたのだ。

《ナギ……それは、ワタシのせいかもしれぬ》

「結の……？　って、どういう意味？」

今の話の流れで、どうして結のせいという一言が出てくるのだろう。

不可解な思いで首を捻《ひね》ると、結はしゅんと気を落とした様子で続けた。

《ナギには話しておらなんだが……ワタシが失せた鈴は、男女の縁結びに使われるものなのだ。我が神は縁を司《つかさど》る神で、ワタシはその正式な使役となるべく修行をしておる。それゆえ……あの店に鈴があるなら、長くひとつところにおったせいで影響されて、ナギとマサムネに気の迷いが生じてしまったのかもしれぬ。もとより、気が合うのであろう？》

「な……に、縁結びの道具？」

鈴は、縁結びに使われるものだった？

その『気』に当てられて、自分と支倉が偽りの恋心を抱いたと言っているのか？

唖然《あぜん》とする梛義に、肩を落とした結はポツポツと言葉を続ける。

《妙なことになってしもうて、すまぬ。まさか、同性間でも効能があるとは思わなんだのだ。いや、確かにそう習ってはおったが……これほど如実に影響が出るとは。一刻も早う、我が手に取り戻さねば》

……違う。

いや、これまでそんな気配など感じなかったのに突然梛義に迫った支倉は、もしかしてその鈴に影響されたのかもしれない。

でも、椰義は……昨日や今日、支倉を意識し始めたわけではないのだ。薄っすらと気がついたのは、一年以上も前で……自覚の後押しにはなったかもしれないけれど、遅かれ早かれ認めずにいられなくなったはずだ。

それを、意気消沈している結にうまく説明できなくて、ギュッと唇を嚙《か》み締める。

《もしや、影響はナギとマサムネだけで済まぬかもしれぬな》

「え……それは、あのあたりでカップルが大量発生するかもしれないってこと？　でも、そんな気配ないよ？」

《かもしれぬ、だ。何事もなければそれに越したことはないが……》

語尾を濁した結は、珍しく思案の表情で黙り込んでしまった。

椰義がジッと見ていても、人形のように動かない。

「おれ、寝るから……電気消すよ。いい？」

《かまわぬ》

結の返事を確認して、腰かけていたイスから立ち上がった。部屋の電気を消して、ベッドに潜り込む。

「お休み、結」

《ああ。色々あって疲れたであろう。ゆっくり休め》

結のいるデスクに背を向ける形で横向きで身体《からだ》を丸くした椰義は、目を閉じて怒濤《どとう》の一日を思い起こした。

文倉に……抱き締められて、キスまでしてしまった。

なんとなく予想はついていたけれど、手の早い男だ。それとも、文倉くらいの歳の大人はああいうものなのだろうか。

唇が触れ合った感触を追うように、こっそりと自分の指の腹を唇に押し当てる。

「……違う」

文倉の唇は、もっとやわらかくて……あたたかくて、優しかった。舌先が潜り込もうとしたところで驚いて咄嗟《とっさ》に身体を引いてしまったけれど、あそこで梛義が逃げ腰にならなかったら更に濃密なものになっていたのだろう。

いつもは大人げないと眉《まゆ》を顰《ひそ》めていたが、あの時の文倉には子供じみた空気は微塵《みじん》も感じなくて……少しだけ怯《ひる》んでしまった。

改めて思い出すと、じわじわと首から上が熱くなる。

文倉の口ぶりは、「おつき合いしましょう」という意味だと捉えていいのだろうか。

でも……。

「咲苗《さなえ》さんと、本当はどんな関係なんだろ」

内緒だと釘《くぎ》を刺されるまでもなく、あんなこと叔母《おば》に言えるわけがない。なにより、結局は二人の関係が実際にどんなものなのか、わからないままだ。

もしも、支倉が梛義に『可愛《かわい》い』と彼らしくない台詞を口走ったのが結の鈴のせいなら……支倉自身も、梛義との特別な関係は不本意なのではないだろうか。

だから、「どうかしている」などと口にして、あんなに混乱していた？

本当は、叔母に心があって、結の鈴に惑わされているだけで……梛義は、強引に横入りしているのかもしれない。

そうだとしたら、みんなを裏切っていることになる。

支倉のことも、種明かしを聞いた自分が「ダメだ」と突《つ》っぱねてあげなければならないのかもしれない。

でも……抱き締められた腕の中は心地よくて、あのぬくもりを知ってしまったからには突き離すことなどできそうになかった。

たとえ、梛義に「マジでカワイーわ」と照れたように笑った支倉の想いが、結の鈴に影響された偽物であっても……。

《ナギ、寝られぬのか？》

お休みと言った後もモゾモゾ動いているせいか、心配そうな結の声が耳に入り、慌てて寝返りを打った。

「な、なんでもない。大丈夫。もう寝るよ」

結に答えておいて、口元を手で覆《おお》った。独り言は封印だ。

目を閉じれば、支倉の端整な顔が思い浮かび……結に聞いた『鈴の影響』『気の迷い』という言葉が頭の中をグルグルと駆け巡って、なかなか眠れそうになかった。

□　□　□

結が懸念していた『鈴の影響』は、数日も経たないうちに椰義の目にも見える形で現実のものとなってしまった。

いつもと同じく店の隅に広げたシートの上で、支倉が海外から送ってきたガラクタ……いや、お宝の仕分け作業をしていた時、ドアが開かれて近くの女子高の制服を身につけた女子三人組が店内に入ってきた。

珍しいことに、お客さんらしい。それも、ハッキリ言ってこんな怪しげな店にそぐわない女子高生……。

レジカウンターのところでノートパソコンに向かっていた支倉が、接客態度として問題ありの無愛想な声で「いらっしゃい」と口にする。

椰義は、一応店の関係者だけれどこの状態では如何《いかん》ともし難《がた》い……と思い、壁を向いて三人組には背を見せた。

それでも広いとは言い難い店内なので、キャッキャッと賑《にぎ》やかな会話が聞こえてくる。

「ね、どれ？」

「南《みなみ》は、ストラップって言ってた。でも、どれでもよさそう……」

「私、これを買っていこっかな。小さい勾玉《まがたま》のブレスレット、可愛いよね」

……見なくても、彼女たちがレジカウンターのところに置かれた『恋のお呪《まじな》いグッズ』を前に、楽しげなやり取りをしているのがわかる。

《ナギ、あそこにあるものは誰が作っておる？》

梛義のすぐ傍《そば》で、別の箱の中に入り込んで探っていた結がひょっこりと姿を現した。

梛義が背を向けているレジあたりを見て、そう尋ねてくる。

「……たぶん、店主の咲苗さん」

《神社の縁者か？》

「母親の妹だから、うん……そうだな」

結が話しかけてくるのに、コソコソと小声で答える。結の存在は梛義にしかわからないので、下手なことをしたら独り言を口にする怪しい人だ。

それがどうした？　と視線で尋ねた梛義に、結は腕を組んで首を捻っている。

《あれら自体からは、わずかながらの効力しか感じぬのだが……もしや、ワタシの鈴がこの

近くにあるせいで、力が増幅されているのやもしれぬ》

「え……?」

思わず大きな声を発してしまい、慌てて背後に目を向ける。カウンターのところにいる支倉と目が合い、慌てて誤魔化し笑いを浮かべた。

捻っていた身体を戻してパッと結を摑《つか》むと、キッチンスペースやお手洗いのある店の奥に駆け込んだ。

ポットの脇に結を置き、

「どういうこと?」

と、問い質《ただ》す。

結は、梛義が摑んだせいで乱れた着物の合わせを直しながら答えた。

《だから、そのままの意味だ。作り手がほんの少し特別で、もともとただの人の子が作製するより効果的なものとなった。それに鈴の力が加わって、本来以上に効力を得ているのかもしれぬ。他に、この周囲で変わったことはないか?》

「あ……そう、言われてみれば」

改めて考えると、ちょこちょこと変化があるかもしれない。

昨日だったか、たまにはお隣のカフェでおやつにするかと支倉に誘われて出向いたのだけれど、カウンターの内側でオーナーと奥さんがやけに仲睦《なかむつ》まじい様子だった。

客前ということもあり、眉を顰めるほど露骨《ろこつ》にベタベタしていたわけではない。ただ、以前の夫婦だと言われなければ気づかないようなクールな関係を知っているから、なにかすごくいいことでもあったのかなと思っただけだ。

コーヒーを淹《い》れながら、笑い合って肩をぶつける二人を横目に、支倉が「この二人、前からこんなに仲よし夫婦だったか？」と苦笑したくらいだ。

「おれは特におかしいと思わなかったけど、今から思えば、確かに……ちょっと変だよね。あと……あ、これも、かな」

カフェの店員の女の子が、少し前からおつき合いしていた常連客でもある男性に、プロポーズされていたのを目撃してしまった。堂々と、テラス席で指輪を取り出すものだから周囲に筒抜けだ。

オーナー夫婦にからかわれても、本人たちが幸せそうだったから梛義も支倉と顔を見合わせて笑ってしまったのだが。

思いつくままを結に語ると、《むむ》と唸《うな》る。

《新たな縁《えにし》が結ばれたというより、元来の縁が更に深くなった例もあるということか？　それは、決して悪いことではないが……》

「あ、それと……あれも、変わったことかな」

同じビルにあるフラワーショップのアルバイトが、最近やけにモテていると苦笑いしていた。

もともと可愛い女の子なのだが、大人しい雰囲気で、失礼ながら少し地味な空気を纏《まと》っていた。なのに、ここしばらくで隠れていた魅力が溢《あふ》れ出てきたみたいで……彼女目当てに、若い男性客が増えたらしい。

こうして考えると、自分たちを含めたこのビル周辺での現象は、少しばかり普通ではないかもしれない。

《ナギとマサムネのことといい、周囲に影響が出るとは……このままでは、本来結ぶはずの縁とは違うところで結ばれてしまう者が出てしまうかもしれぬ。一刻も早く鈴を見つけ、影響を解かねば》

「……解くって？　って、その……鈴の効力って、消せるものっ？」

さらりと結の口から出た言葉に驚いた梛義は、両手でポットを摑んで背を屈《かが》めると、結に顔を寄せる。

その剣幕に驚いたらしく、結が《おお……》と身を引いた。

《言うておらぬだったか？》

「初耳だよっ！」

《それは申し訳ない。本来の縁ではなく……まやかしの縁であれば、解くことができる。ワタシの鈴が影響したものなれば、神具さえワタシの手に戻ってきたら結びつきをなきものにできよう。ただ、後のことを考えれば、早いに越したことはない。そうか。話しておらなんだら、さぞ不安であったろう。ナギとマサムネの気の迷いも正すことができるから、安心してよい。鈴を見つけるまで、もうしばしの辛抱《しんぼう》だ》

偽りの縁は、解くことができる？

それは、梛義にとって喜べるものではなかった。結には言えないけれど、支倉の『気の迷い』かもしれない今の関係が、嬉《うれ》しいのだから。

鈴が見つかれば、支倉の梛義への感情は消えてしまう……？

「おい、ナギ。どうかしたか？」

物音を立てるでもなく長くキッチンスペースにいるせいか、訝《いぶか》しげな声で名前を呼びながら支倉がやってきた。

慌てて摑んでいたポットの蓋《ふた》を開けて、支倉を振り返る。

「あ、いや……なにを飲もうかなって、悩んでただけ。将宗《まさむね》さんも、なにか飲む？　あ、さっきの女の子たちは……」

「一つずつグッズをお買い上げして、お帰りだ。神室《かむろ》が作ったアレ、このところちょこちょこ売れてるんだが、マジで効果があるのなら面白いな」

口ではそう言いつつ、まったく信じていない顔だ。お呪いやらオカルト的なことは、一切信じない性格だと梛義も知っている。

様々な国でいろんなものを見てきたという支倉曰《いわ》く、この世で一番怖いのは心霊現象や呪いではなく、生きている人間だ……ということらしい。

それでも、先祖からの言い伝えや儀式を大切にしている辺境の部族は多々あるので、自身は信じていなくても信仰を否定はしないと語っていたが。

「あー……俺は梅こぶ茶が飲みたいなぁ」

「うん。じゃ……おれも、それにしよう」

インスタントコーヒーやティーバッグを置いてある籠《かご》から、梅こぶ茶のパッケージを取り出す。

隣にいる支倉を意識しながらマグカップに梅こぶ茶の粉末を入れて用意をしていると、支倉が、

「そうだ」

と、なにやら思い出したように声を上げた。

反射的に隣を見上げた椰義に、言葉を続ける。

「おまえの門限って、事前に予告していたら少しばかり延びるものか？」

「うん……あんまり頻繁《ひんぱん》だと、聞き入れてもらえないけど。最近はきちんと守ってるから、たぶん大丈夫」

「じゃあ、明後日《あさって》……土曜に、ちょっと遠出をするか。このところ、引き籠《こも》り状態だろ。頼

まれたモノを届けるついでになるが、出かけよう」

これは、デートの誘い……と思ってもいいのだろうか。

即答できない椰義に、支倉が背を屈めて肩に腕を回してくる。

「俺と出かけるの、嫌か？　心配しなくても、高校生を騙《だま》し討《う》ちでラブホに連れ込んだりしねーぞ？」

ニヤニヤと人の悪い笑みを浮かべながらそう言って、唇の端ギリギリのところに素早くキスを落とす。

「バ、バカッ。そんなこと、一言も言ってないだろ。エロオヤジ！」

ラブホ……の意味を解した瞬間、カーッと首から上に血が上るのがわかった。勢いのあまり、余計な一言をつけ足してしまう。

焦って支倉の腕を振り払った椰義に、当のエロオヤジは声を上げて笑っている。

「可愛らしー反応をアリガトウ。いやぁ、新鮮だ。ってわけで、どうする？」

「い……行くよ」

やめておく、と意地を張って突っぱねることはできなかった。支倉と一緒に出かけるのは、貴重な機会で……魅力的な提案だったのだ。

複雑な顔をしているだろう椰義をそれ以上からかうことなく、支倉は「よっしゃ」とうなずいた。

ついでのように、今度はしっかり唇を触れ合わされて、あまりの不意打ちを避けることができなかった。

「ま、将宗さん」

口元を右手で覆って、支倉を見上げる。きっと、手の隙間《すきま》から覗《のぞ》く顔面は真っ赤になっている。

支倉は、気軽に手を伸ばしてきたりキスをしたりと気負いなく触れてくるけれど、梛義はこの手のスキンシップにまだ慣れない。

言葉もなく目を白黒させている梛義に、支倉はククッと肩を震わせて笑った。

「湯が沸いたみたいだぞ。梅こぶ茶、久し振りだなぁ。ナギが淹れてくれたら、更に美味《うま》そうだ。アッチで待ってる」

湯気を噴き出すポットを指差して飄々《ひょうひょう》とした口調でそう言い残し、踵《きびす》を返す。

キッチンスペースに残された梛義は、「オトナって……」とポツリとつぶやき、口元を覆っていた手を下ろした。

「あ」

視線を感じて目を向けると、結が難しい顔でこちらを見上げているのに気がつく。

すっかり存在を忘れかけていたが、結は一部始終を傍で見ていたのだ。恥ずかしさのあまり、落ち着きなく視線を泳がせた。

《……ナギ、嫌なことは嫌と、遠慮せずはきと伝えたほうがよいぞ》
硬い声で、きっと親切心からそうアドバイスしてくれた結に、嫌なわけではないなどと言い返すこともできず……。
「はは……は」
乾いた笑いを零《こぼ》して、苦し紛れに誤魔化すので精いっぱいだった。

《六》

土曜日の昼前に出発してどこかで昼食を取り、届け物をするという支倉の用事を済ませてから気が向くままふらふらしよう……と。

支倉らしい、かなり無計画なデートプランだ。

それでも、支倉と一緒に出かけられることは嬉しくて、通い慣れた道を歩く棚義の足取りは軽い。

帰りが遅くなってもいいように、姉たちへの根回しも完璧《かんぺき》だ。

そうして支倉との時間を楽しみにしている棚義に、水を差してくれる存在がいる。

《よいか、ナギ。大人しく、マサムネの思うままにさせるでないぞ。意に染まぬ無体なことをされそうになったら、きちんと拒むのだ》

「わかってる、って。おれも、いい年した男なんだし……好き勝手される一方にはならないから、大丈夫」

肩に乗っている結と、今朝から何度も似たような会話を繰り返している。

棚義と支倉が出かけているあいだ、結は店に残って捜し物を続けることになっている。

結は、支倉と二人きりになる梛義を心配して迷っていたけれど、『鈴』を見つけるのがなによりの優先事項だと決意したらしいが……。

もし結が一緒にいても、物理的に梛義を危機から救うことは不可能だろう……とは、心配してくれている結のために口に出すことはできない。

「捜し物、今日こそ見つかればいいな」

《……ああ。気配は、確かに感じるのだ。紛う方なく、あの空間のいずこかにあるはずなのだが》

「あるはず、かぁ。そんなに大きな店じゃないから、そろそろ見つかりそうだけど」

……見つかってほしいのか、見つかってほしくないのか、わからなくなってきた。

支倉の自分への感情が偽りのものなら、解いてあげるのが彼のためだと思う。でも、梛義はこの関係を手放すのが惜《お》しいとズルいことを考えていて……一生懸命捜している結にも申し訳ないし、あまりの自分勝手さに嫌気が差す。

「ごめんね、結」

つぶやくと、不思議そうに、

《ナギは悪くないぞ？　協力、まことにありがたい》

と、少しだけズレた言葉が返ってきた。結は、梛義のズルい心のうちを知らないから、そうして笑ってくれるのだ。

もうなにも言えなくて、黙々と歩いているとビルに辿《たど》り着いた。ただ、目に映るものの違和感に足を止める。

それぞれの店舗前には、二台ずつのささやかな駐車スペースがあるけれど、いつも叔母の店の前は空《あ》いていて……ここに車がある場面など、初めて目にした。

「誰か、お客さんが来てるのかなぁ?」

ＳＵＶ車の脇《わき》で立ったまま窓から無人の車内を覗いていると、開け放されていたドアから支倉が出てきた。

棚義の姿を目にして、両手で抱えていた段ボール箱を地面に置く。

「おっ、ナギ。おはよ」

「もう昼だけど、オハヨ。……車」

深緑色の大型車を指差した棚義に、支倉は笑って答えながらトランクを開ける。

地面に置いていた箱を積み込み、トランクのドアを閉めてリアガラスを軽く叩《たた》いた。

「ああ、レンタカーだ。荷物がかさばるものだから、電車やバスを乗り継ぐのが面倒でなぁ。そういや、ナギとドライブは初めてか」

「将宗さん、免許持ってるんだっ?」

「あれ、知らなかったか? 国際免許証も持ってるぞ。なければいけないものではないが、あれば便利だ」

「んー……なんとなく哲学的な言い回しだ」

おもむろに腕を組み、わざと鹿爪《しかつめ》らしい顔で言葉を返すと、「ははは、そうか？」と声を上げて笑われる。

財布を取ってくると言い置いて店に戻った支倉の背中を見送り、キュッと唇を嚙んだ。

当たり前のように車を運転することのできる大人なのだと、今更ながら再認識してしまった。

どうして、それくらいのことでドキドキするのか……自分でもわからなくて、うつむいて胸元を拳《こぶし》で叩く。

《ナギ》

「……っ！」

ぬっと、視界に結が入り込んできて驚いた。

路上に仁王立ちして険しい顔で梛義を見上げている結は、胸を張って梛義の胸元を指差した。

《よいか。その胸の高鳴りは、ワタシの鈴に影響されたことによるまやかしだ。気をしっかり持て！》

「あ……あ」

曖昧《あいまい》にうなずいて、握り締めていた拳を解《ほど》く。

本当に、そうだろうか。

結が現れる前から、支倉を意識していたのは確かで……こんなにドキドキするのは、ここ最近だけれど『鈴』だけに原因があるとは言い切れないと思うのだが。

「ナギ、すぐに出発していいか？」

ぼんやり突っ立っていると、財布を持ってきたらしい支倉が運転席のドアを開けながら話しかけてくる。

「あっ、うん！　ドライブ、楽しみだ」

支倉に不自然だと思われないよう、はしゃいだ声で答えて助手席側に回り込む。

チラリと振り返ると、心配そうにこちらを見ている結に笑ってこっそり手を振り、車に乗り込んだ。

□□□

「もうすぐ着くぞ。妙に大人しいが、酔《よ》ってないか？」

「大丈夫！　これは、確かに……車じゃないと厳しい感じ」

口数が少ないことを指摘されて、慌てて言い返した。

支倉がハンドルを握る車は、都心を離れてカーブの多い山道を登っている。

ここまでの所要時間は、一時間半といったところか。車で真《ま》っ直《す》ぐに来てこれだけかかるのだから、電車やバスを乗り継げば結構な時間を要しただろう。

「届け先って、個人のお宅じゃないよな？　なんか……山の中っぽいし」

運転席の支倉の横顔を見て、尋ねる。

民家らしき建物もあるにはあるが、さっきから目につく看板は野鳥保護センターやら植物園といった、環境を生かした施設のものが大半だ。

届け物の中身は知らないけれど、支倉がどこかの国から持ち帰った怪しげなものを、このあたりの個人宅に届けるとは考えにくい。

「ああ。ほら……着いた」

「……自然科学博物館・学習センター。考古学研究所」

支倉が、「そこだ」と言いながらハンドルを切って車を滑り込ませた施設の駐車場には、それらの看板が並んでいる。

「このあたりの山には、古墳とかの遺跡があるんだ。未《いま》だに発掘作業が進められていて、奈良時代のモノやらが出てくる。で、ここでそいつらを展示している」

「へぇ……」

閑散とした駐車場の隅、建物のすぐ傍に車を停めた支倉が、トランクを開けた。梛義も助手席から飛び降りて、車の後部に回り込む。

「一つ持つよ。手伝う」

「おお、さんきゅ。じゃ、こいつを頼む」

支倉が指差した箱を抱えると、見た目の印象よりずっしりと重い。ガチャ……と鈍い音が聞こえたので、中身は割れ物かもしれない。

慎重に抱え直して、もう一つの箱を軽々と持った支倉の後に続いた。

駐車場が閑散としているのも道理で、ガラスの自動ドアの前には『休館日』という立て看板が出ている。

支倉は、脇目も振らずにその前を通り過ぎて通用口らしき扉《とびら》の前で足を止めると、慣れた様子でインターホンを押す。

『はい』

「支倉です。お届け物です」

『ああ……待ってたよ。鍵開けるから勝手に入ってくれ！』

支倉に応答したのは、初老と思《おぼ》しき男性の声だ。すぐに扉のロックが解除される音が聞こえて、支倉がドアノブを摑んだ。

「ナギ、最初に言っておく。なかなかクセのある、ハイテンションなジイサンが出てくるけど……ビックリするなよ」

「う、うん。了解」

振り向いた支倉にそう意味深な前置きをされて、どんな人なんだ？　と好奇心を刺激される。

支倉は迷いのない足取りで薄暗い廊下を進み、明かりの漏《も》れている一室の前で足を止めてドアを覗き込んだ。

「こんにちは、お変わりなくお元気そうですね」

「おお、支倉君！　君こそ、今回も無事に帰ってきてくれてなによりだ。で、早速だが……どうだった？」

「それらしきものは、一応……。まぁ、ご自身の目で見てください。ナギ」

立ち止まっている椰義を視線で促し、部屋の中に入る。椰義も、急いで支倉の後を追いかけた。

その部屋には……。

「どれどれ。おおお、これは……なかなかよさそうな品だ。ふむ、水差しも、細工がそれらしいねぇ。で、このカップが対《つい》のものか」

床に置くまでの間が待ち切れなかったのか、真っ白な髪の小柄な老人が、支倉が抱えている箱を開けて中を覗き込んでいる。

ぐるりとこちらを向いたかと思えば、今度は梛義に向かって一目散に駆け寄ってきた。その勢いに圧倒された梛義は言葉もなく硬直しているが、お構いなしだ。

「これは？　うん？　置物ではないな。なにかの儀式に使用したものか、あるいは墳墓の副葬品か……。しかし、この彫りは発掘される地域としては矛盾があるものだぞ。時代背景に鑑《かんが》みると、むしろ」

「先生。若者が怯《おび》えています」

「ん？」

支倉が呆《あき》れた声を上げると、老人はピタリと動きを止めて顔を上げた。箱を抱えているのが見かけない少年だと、今初めて気がついたような不思議そうな表情だ。いや、本当にたった今、梛義がここにいることを認識したのかもしれない。

「こいつらは、羽もないし足もない。逃げないんで、後でお好きなだけじっくりと観察してください」

「ああ……コホン、すまない。彼は支倉くんの助手かね。学生さん？」

「ナギは神室の甥《おい》っ子です。まだ高校生。ナギ、梶田《かじた》先生は、こう見えて考古学の研究者としては偉《えら》い人なんだぞ」

随分と簡素な紹介だが、梛義は「こんにちは」と軽く頭を下げる。推定年齢七十の半ばであろう梶田の勢いに、完全に気圧《けお》されてしまった。

顔を上げたところで、叔母の名前を出したということは、共通の知人か……？　と遅ればせながら気がつく。

「こう見えて、とは失敬な紹介の仕方だな。神室君の甥……で、文倉君とこうしてうちに来てくれるということは、将来はやはりコチラのほうに？」

「それは、すみません……未定です」

本当は、もう進路を決めなければならない時期はとっくに過ぎていて……まだ迷っている棚義に、担任教師はヤキモキしている。

言葉を濁した棚義の手を、梶田はガシッと摑んできた。

「考古学に、興味は、まったくないかね？」

「いえ……面白そうとは、思います」

曖昧な言葉だったけれど、棚義が正直な思いを答えたとわかったのか、梶田はパッと顔を輝かせた。

「いいことだ。進路選択の際は、是非こちらも選択肢の一つに入れてくれると嬉しいね。考古学には夢とロマンがある！　無限の可能性を秘めた学問だ。知れば知るほど面白く、終着点がない。謎《なぞ》がすべて解けたら、逆につまらんのだろうね。ただし……金にはならん。まぁ、文倉君を見ていたらわかると思うが」

「身も蓋もない言い方をしないでくださいよ」

ポツリとつぶやいた支倉に、梶田は、

「はっはっは、本当のことだ！」

と言いながら、容赦《ようしゃ》なく背中を叩く。

ひょろりと細身の老紳士なのに力は強いらしく、バシバシとかなり痛そうな音が聞こえてきた。

支倉は眉を顰めたけれど、無言だ。

いつでも、誰が相手でもマイペースを保ち、無敵だと思っていた支倉がこんなふうに呑《の》まれる人物など、初めて見た。

「やはり君に頼んで正解だった。現地のコーディネーターに依頼すると、贋作《がんさく》の粗悪品を掴まされたり法外な報酬《ほうしゅう》を要求されたりと、なかなか厄介《やっかい》だからなぁ」

「正解かどうかは、まだわからんでしょう。存分に検《あらた》めてください」

「うむ、そうしよう。しかし……いつまでも、こうして君に頼むことはできんだろうなぁ。いくつになった？」

「あー……もうすぐ三十路《みそじ》です。忘れようとしているのに、思い出させないでください。まあ、そろそろ現実を見て色々と考えなきゃならん歳ですね」

気まずそうな顔で梶田に答えた支倉は、片手で頭を掻《か》いて天井《てんじょう》を仰《あお》ぐ。

こんな支倉を目にするのも初めてで、椰義は抱えていた段ボール箱をそっと床に置いて二人に背を向けた。

自分が聞いていい話ではないのでは、と二人の存在を意識から追い出して、壁に並んだ本の背表紙を眺《なが》める。

日本国内だけでなく、世界中の遺跡や古代文明に関するものが揃《そろ》えられているみたいだ。

支倉も、叔母も、昔から古物やら発掘品やらに夢中になっていて……そんなに魅力的なのかと、興味はあった。梶田に答えた、「面白そう」という言葉は、場を凌《しの》ぐための思いつきではない。

「……神室君も、相変わらずなようだが……」

「そうですね。五島列島がナントカと言ってましたよ」

「ははは、面白いモノが見つかったら、ぜひ僕にも見せてくれるよう伝えてくれるか」

「わかりました。次に顔を合わせるのはいつになるかわかりませんが、言っておきます。それでは、俺はこれで……お邪魔しませんので、好きなだけご覧になってください。ナギ、お待たせ。行くか」

「あっ、はい！」

名前を呼ばれたことで、慌てて振り返った。梶田は既に床にしゃがみ込み、箱の中をゴソゴソと探っている。

支倉が、

「先生、帰りますからね」

と声をかけても、顔を上げることなく「あー……」と短く答える。これは、きっと耳に入っていない。

そう予想はついていたけれど、梛義も「失礼します」と言い置いて、支倉と共に小部屋を出た。

建物の扉を出ると、オートロックなのか背後で鍵《かぎ》のかかる音が聞こえてくる。こんな山の中だけれど、展示品なんかは結構な値打ちものがあるだろうから、セキュリティは万全なのだろう。

「やれやれ、あのジイサンに逢《あ》うと、いつもグッタリだ。若さを、吸い取られてるんじゃないかと思うな」

頭上に腕を伸ばしながらそんなふうにつぶやく支倉に、クスリと笑ってしまう。

確かに、ものすごく元気なご老人だった。いや、老人と表現するのが申し訳ない気分になるくらいパワーが溢れていた。

「すごく元気だよね。七十……半ばくらい？」

「いや、アレはそれより十近く上だぞ」

予想外の年齢を聞かされて、絶句してしまった。七十半ばでも若いと思っていたが、さらに年かさだったとは……恐ろしい。

支倉は、駐車場に一歩踏み入れたところで足を止めた梛義を振り返り、「怖いだろ」と笑う。声もなくコクコクと首を上下させると、ようやく硬直が解けた。支倉がロックを解いた車に、小走りで駆け寄る。

「いくつになっても、好奇心を持っているってすごいなぁ」

「まあ、そうだな。知識欲ってやつが尽きないから、精神的にも若いんだろう。向学心と好奇心、あとは……子供心か。新しいおもちゃをもらった子供と同じだぞ。しばらく時間を忘れて弄《いじ》ってるだろうな」

なるほど、とうなずいて車に乗り込んだ。

運転席に座った支倉は、エンジンを始動させることなくハンドルに手を置いて……なにか考えているような間の後、梛義に顔を向けてくる。

「なぁ、さっきの……本気か？」

「さっきの、って？　おれ、なんか言ったっけ」

「考古学に興味がある、ってヤツ。おまえ、今までそんなこと一言も言ってなかったよな」

真顔で尋ねられて、あ……と目をしばたたかせた。

発言を撤回する理由もなく、小さくうなずく。

「最近、ちょっと面白そう……って思って。将宗さんの真似《まね》は、できそうにないけど。おれは根性も体力もないから、インディ・ジョーンズにはなれないかな」

冗談めかしてつけ足すと、支倉は複雑そうな顔で苦笑を滲《にじ》ませた。

梛義が考古学に興味を持つのは、あまり歓迎しない……という雰囲気だ。自分たちの後を追いかけてこられるのは、疎《うと》ましいのだろうか。

「将宗さん、おれがジョーンズ博士の助手になりたいって言ったら、迷惑？」

遠回しに尋ねてみる。

支倉は、珍しく困惑を浮かべたまま梛義から目を逸《そ》らした。その横顔を見ていると、ハンドルに額を押しつけて肩を上下させる。

「梶田先生も言っていたが、金にならねーし、危険なところにも行くし……綺麗《きれい》なものばかり目にするわけでもない。あまりお勧めはしねぇな」

顔が見えないから、真意を読むことはできない。

ただ、梛義に諦めさせようとするかのようにポツポツと低い声でマイナス点を並べる。やはりダメかと、意気消沈しかけたけれど……。

「なのに、おまえとそうやって世界を回れたら面白いだろうなぁ……なんて、能天気に嬉しがる俺は無責任だな。良識的な大人なら、もっと安全で堅実な進路を選べってアドバイスするべきだろうが」

はぁ……と。

特大のため息をついて、「俺はダメなオトナだ」と自嘲《じちょう》する響きでつぶやく。

沈みかけていた心が、途端に浮上するのを感じた。

「おれ、迷惑じゃない？」

おずおずと尋ねた梛義に、支倉はもう一つ大きな息をついて、諦めたように言葉を返してくる。

「嬉しがってる、って言っただろ。おまえは、初めて逢った時から俺を嬉しがらせる天才だ。あーんな汚い、不審者にしか見えないような俺に、目ぇ輝かせて……さ。インディ・ジョーンズみたいで格好いいなんて、初めて言われたぞ」

チラリと横目で梛義を見た支倉は、照れくさそうな顔をしている。その目が、いつになく優しい空気を漂《ただよ》わせていて、心臓が鼓動《こどう》を速くした。

嬉しい、と言ってくれた。

梛義が、支倉と共に同じことをしたいと望んだことを、疎ましがるのではなく嬉しいのだ……と。

「おまえ、ね。この前も言ったかもしれんが、そんな目で俺を見るなよ」

「そんな？」

今の梛義は、どんな目をしているのだろうか。

眉間《みけん》に皺《しわ》を刻んでそう言った支倉は、チッと舌打ちをして梛義から目を逸らし……明後日のほうを向いたまま、左手を伸ばしてきた。

頭を引き寄せられて、上半身を預ける。けれど、運転席と助手席のあいだにあるサイドブレーキが邪魔で、中途半端な体勢になってしまう。

「なーんか、ヤバいよなぁ。おまえのこと、どんどん可愛いっつーか……特別になって、離せなくなりそうだ。俺が人攫《ひとさら》いになったら、おまえのせいだぞ」

棚義の頭を自分の胸元に引き寄せた支倉は、わずかに照れを滲ませた声でそんなふうに言ってくる。

そっちこそどんな顔をしているのだと、笑う余裕はない。心臓が壊れそうなほど動悸《どうき》が激しくて、息が苦しい。

「は、犯罪行為を被害者のせいにするのは、サイテーの加害者だと思うけど」

それでも黙っていられなくなり、なんとか言い返した。支倉が、ほんの少し肩を揺らすのが伝わってくる。

「おいおい。そもそも、サイテーじゃない犯罪者なんているかぁ？　おまえ、自分がなに言ってるかわかってないだろ」

……当たりだ。

支倉と密着しているのが恥ずかしくて、ドキドキしすぎて……今の棚義は、自分がなにを口走っているのかよくわからない。

これ以上変なことを言いたくないので、もう唇を引き結んで身体を硬くした。

激しく脈打つ心臓の音が、静かな車内で密着している支倉にまで聞こえてしまうではないかと、怖くなる。

「ナギ」

名前を呼ばれながら、抱き寄せられている頭をポンと軽く叩かれる。

顔を上げるように促しているのだと察していたけれど、気づかないふりをしてうつむき続けた。

だって、今の自分は……きっと、すごくみっともない顔をしている。頬《ほお》も、耳まで熱くて顔中が燃えているみたいだ。

「おーい、ナギ。無視してんなよ。俺が嫌じゃないなら、顔を上げろ」

ポン、ポン、と。今度は二回、頭に置いた手を動かされて奥歯を噛んだ。

俺が嫌じゃないなら、とは卑怯《ひきょう》な言い回しだ。意固地に、うつむき続けることができなくなる。

笑うなよ。笑ったら……頭突きしてやる。

言葉に出すことはできず、そう心の中で決意して、のろのろと顔を上げた。

「おまえ、ぁー……」

やはり、梛義の顔を目にした支倉は少しだけ目を瞠《みは》って視線を泳がせた。笑われるかと身構えたところで、意外なことが起こる。

「なんだよ、っとに……可愛すぎるだろ」

苦い顔でそうつぶやき、クシャクシャと髪を撫《な》で回される。椰義が、それに文句を言うより早く、端整な顔を寄せてきた。

咄嗟《とっさ》にギュッと瞼《まぶた》を閉じて、身体を硬くする。

瞼を伏せていても光を遮られた目の前が暗くなったのがわかり、やんわりと唇にぬくもりが触れた。

「……っ」

軽く触れ合わせただけで離れていったことに、ホッとしたけれど……引き結んだ唇の表面をペロリと舌先で舐《な》められて、ビクンと肩を震わせる。

「将宗、さ……ッ」

文句を口にしようと名前を呼びかけたところで、唇の隙間から舌先が滑り込んできた。

椰義が大きく身体を震わせたことはわかっているはずなのに、文倉は後頭部を引き寄せる手を緩ませてくれない。

……逃げられない。

「ッ、ふ……ぅ、ン……ン」

舌が、絡みつき……緩く吸いつかれる。濡《ぬ》れた音が車内に漏れ聞こえて恥ずかしいのに、腕が動かない。

頭の芯《しん》がぼんやりとして、なにも考えられなくなる。

息ができなくて、じわりと涙が滲んだところでようやく支倉が唇を解放してくれた。

「っぁ、ふ……ッ」

肩口に額を押しつけて浅く息を繰り返していると、大きな手でポンポンと背中を叩かれる。

小さな子供を宥めるような仕草だと、怒ることができない。

「ヤバいなぁ。うっかり暴走しそうになった。……あー……車を動かすか。うん。そうしよう。さすがに運転中は不埒《ふらち》なことができん」

これは棚義に話しかけるのではなく、独り言の響きだ。

片手でくしゃくしゃと棚義の髪を撫で回した支倉は、軽く棚義の頭を押し戻しておいてエンジンを始動させた。

ようやく動くことができた棚義は、支倉から顔を背けて、熱を帯びた頬をゴシゴシと手の甲で擦《こす》る。

ゆっくりと車が動き始めると……支倉はどんな顔をしているのか気になり、横顔をチラリと見遣《みや》った。

棚義の視線を感じているはずだし、駐車場を出るまでは障害物もないので少しくらい脇見をしても大丈夫そうなのに、頑《かたく》なまでに前を見据《みす》えている。

その理由は、ほんの少し目元が赤くなっているせいだろうか。

支倉の様子を窺《うかが》う余裕などなかったからよくわからないけれど、飄々としているように見えていた支倉も梛義と同じように鼓動を速くしていた?

自分だけ翻弄《ほんろう》されていたのでなければ、嬉しい。

大人の支倉が、梛義のような子供に理性を揺さぶられていたのかもしれないと考えるだけで、また心臓の脈動が激しくなりそうだ。

「おい、ナギ。あんまりコッチを見るなよ。前言撤回されて、どこかに連れ込まれたくないなら、な」

「どこか……って、どこ、ぁ……バカッ。エロオヤジ!」

どこかに連れ込む、の意味を解したと同時に色気皆無な声を上げてしまった。騙し討ちでラブホに連れ込んだりしないと、宣言されていたのだ。

腕を振り上げて肩を叩いた梛義に、支倉が「うん、いい反応だ」と笑い、なんとなくじっとりとしていた車内の空気が普段どおりのものに入れ替わってしまう。

はぐらかそうという支倉の思惑に、まんまと乗ってしまったような悔しさを感じながら窓を少しだけ開けると、山間の爽《さわ》やかな空気が流れ込んできた。

前髪を揺らす風に目を細めたけれど、まだ心臓の動悸は収まらない。

こんなに甘く、苦しくて……身体中、全神経が支倉を意識してそわそわしているみたいな想いが、結の言う『まやかし』だなんて、信じられない。

鈴の影響ではなく、梛義自身の感情なのだと揺るぎない確信を持つことができる。

でも、支倉のほうは……？

横目でさり気なく隣を窺い見ても、正面を見据えている支倉はとっくに平静を取り戻していて、なにを思っているのか読み取ることができない。

優しくて、熱っぽくて、頭の芯がぼんやり霞《かす》むように濃密なあんなキスは、偽物の想いでもできるものなのだろうか。

……わからない。

「どこ、行きたい？　おまえが行きたいところ、どこでも連れてってやるよ」

山道を下りながらそう尋ねられて、ポツリと言い返す。

「じゃ、ゴビ砂漠」

「おい」

「ダメなら、カッパドキア。岩石遺跡群、見てみたい」

どれも、先ほど梶田の部屋で目にした本の背表紙に記されていたものだ。

思いつくまま口にする梛義に、支倉は苦笑して左手を伸ばしてきた。

「それは……まぁ、機会があれば、いつかな。適当に走って、どっかで飯を食うか」

ポン、と誤魔化すように頭を叩かれて「ガキ扱いするな」と唇を尖《とが》らせる。

いつか？

そんなのこの場限りの逃げ口上だと、わかっている。梛義が本気で口にしたとも、きっと思っていない。

でも本当に、そのいつかが巡ってきたら……支倉と一緒なら、どんなところにでも行ってみたい。

支倉が傍にいるなら、きっと未知の辺境や危険地帯でも飛び込んでいける。

並んで足を踏み入れる遺跡や、これまで触れ合ったことのない発掘物なんかは、どのように自分の目に映るだろう。

ぼんやりと霧《きり》がかかっているみたいで見通しの悪かった、『進路』。その視界がにわかに晴れてきたみたいで、膝《ひざ》の上に置いた手をギュッと握り締めた。

《七》

通りかかったレストランで夕食を取り、久し振りに山や岩石ではなく海を見たいという文倉につき合って臨海公園に立ち寄り……店に戻る頃には、九時近くになっていた。

車から降りた梛義は、明かりが灯《とも》っていなくて真っ暗な店内をガラス扉越しに見詰める。

結は、今日こそ鈴を見つけられただろうか……と思ったところで、パッと当人が目の前に姿を現した。

《お帰り、ナギ。マサムネに無体なことはされておらぬだろうな》

「……ん」

文倉を横目で見ながら、ほんの少し首を上下させる。

結がいることを知らないのだから当然だが、店で梛義に過剰なスキンシップをしかけていることを目の当《ま》たりにしているせいか、ずいぶんと信用がない。

思わず笑ってしまいそうになったけれど、ギリギリのところで堪《こら》えた。

「ナギ、時間がまだ大丈夫そうなら寄っていくか？　コーヒーか茶くらいなら、出すぞ」

「あ……うん」

あんまり遅くならないように、と釘を刺してきた姉の顔が思い浮かんで少し迷ったけれど、支倉と離れ難いという欲求が勝った。

うなずいた椰義の肩に結が乗り、ジーンズのポケットを探った支倉が鍵を取り出した……

その瞬間、椰義の肩にいる結が《あああっ！》と大声を上げた。

「な、なにっ？」

それに驚いた椰義が思わず声を出すと、今度は支倉がパッとこちらを振り返る。

「ん？　どうした、ナギ？」

「ごめん、なんでもないっ。えっと、道を猫が横切って……黒猫だったからよく見えなくて、びっくりした」

苦しい言い訳だったけれど、支倉は「そうか」と小さく笑う。

驚かせるな、と睨《にら》みつけた椰義を見向きもせずに、結は支倉の手元をグルグルと飛び回っている。

なんだろう。こんなに忙《せわ》しない動きをしている結は、初めてだ。

《な、な、な……ナギッ！　アレだっ。見つけたぞ、鈴！》

「え……」

椰義の名前を呼びながら顔の前に飛んできて、両手をバタバタ振りながら訴える結に、無言で目を瞠る。

見つけた？　今……？　どういうことだ？

《マサムネの鍵についておるのだ！　こんなところにあったのだな》

「…………」

鍵？　と結が指差すほうに視線を向ける。

支倉が鍵穴に差し込んだ銀色の鍵には、確かに小振りな鈴らしきものが揺れていた。

「おい、ナギ？　ぼんやり突っ立って、どうした？　変に警戒しなくても、取って食ったりしねぇぞ」

「ち、違うよ。そんなんじゃない」

支倉を警戒して、店に入ることを躊躇《ためら》っているわけではない。頭を振って答えると、大股《おおまた》で電気が灯された店内に足を踏み入れた。

《ナギ、ナギ……っ、なにをのん気にしておる。鈴がそこにあると、言うておろう！》

その梛義の耳元では、結が騒ぎ続けている。

ハッキリ言って、うるさい……が、ようやく捜し求めていたモノを見つけたのだから気持ちはわからなくない。

いつになく昂揚《こうよう》しているのは、梛義も同じだ。

《もらい受けろ！　マサムネに、譲ってくれるよう頼むのだ！》

「う……うん」

支倉がレジカウンターの端に置いた鍵……鈴を、ジッと見詰める。

金色や銀色の、振ればチリチリと鳴るスタンダートな鈴を思い描いていたのだが、梛義が想像していた鈴とは少し違う。

結の持ちものだと思えば、不思議ではないけれど……純和風の鈴だ。

大きさは、さくらんぼくらい。地は臙脂色《えんじいろ》で、黒や鮮やかな赤で模様が描かれている。金粉らしきものが散りばめられていて、決して派手ではないのに華やかだ。

恐る恐る手を伸ばし、指先でそっと鈴に触れたところで、支倉がキッチンスペースから顔を出した。

「ナギ、コーヒーと紅茶だとどっちが」

そう言った支倉の目が、鈴に伸ばした梛義の手に当てられる。

咄嗟に鈴を握り込んだ梛義は、支倉を見上げて口を開いた。

「将宗さんっ。おれ……これ、欲しい！　……んだけど、ダメ……かな」

勢い余って、恐ろしく唐突かつストレートな言い方になってしまった。

もう少し言いようがあったのではないかと、自分の手際の悪さに顔を顰《しか》める。結も、どことなく慌てたように、忙しなく梛義と支倉の顔を交互に見遣っていた。

焦る梛義と結をよそに、支倉だけがマイペースを保ってのんびりと答える。

「あー……鍵か？　合鍵を、今の状態でおまえに渡すのはなぁ……うん……神室にも顔向けできん。時期尚早ってやつかな。悪いな」

鈴がつけられているのは、銀色の鍵が二つ。

一つは店のもので、もう一つは支倉が住居としているこのビルの上階にある部屋のものだろう。

どうやら、梛義が自室の合鍵を欲しがっているのだと受け取ったらしい。

「……っ、そ……う、だよね。いきなり変なこと言って、おれこそごめん」

支倉らしくなく、あまりにも気まずそうで申し訳なさそうな顔をするから、鍵ではなくて鈴のほうだ……と、言い返しそびれてしまった。

《ナギ、訂正せよっ。そうではないだろう》

結が目を瞠っているのがわかっていたけれど、もうなにも言えない。

今の状態で、という一言でわざと考えないようにしていたものが次々と頭に浮かんでしまったのだ。

叔母に顔向けできない。

それは梛義が、叔母が不在のあいだだけ『内緒』で支倉とつき合ってもらえる……浮気相手だから、だろう。

明確に本人が語ったわけではないけれど、やはり叔母と支倉は何年にも亘《わた》ってつき合っているに違いない。

ベタベタと常に行動を共にしなければならない関係ではなく、互いに好きなことをしているようでいて……それは、確固たる信頼関係があるから。

そんな二人のあいだに、椰義は割り込んだのだ。結の鈴という不思議なアイテムによって支倉に気の迷いが生じたのをいいことに、それを利用して……。

「おい、ナギ。顔色がよくないぞ。具合が悪いか？」

「ううん。……ごめん、将宗さん。おれ、今日はもう帰る。やっぱり、これ以上遅くなったら姉ちゃんたちが怖いし。いろいろ連れていってくれて、楽しかった。晩ご飯も、ごちそうさまでした」

これ以上、支倉と同じ空間にいられない。それも、支倉と叔母が長く一緒にいるであろう、この店で……。

ぺこりと頭を下げて踵を返した椰義の背を、支倉の声が追いかけてくる。

「ナギッ。明日も……来るだろう？」

「……うん」

振り返ることなくうなずき、扉を押して外に出た。早足で店が見えない位置まで来て、ようやく歩みを止める。

背中を屈め、膝に手をついて大きく息を吐くと、肩に結が座るのがわかった。

《ナギ、どうしたのだ。マサムネに、鍵ではなく鈴だと伝えればダメとは言われなんだので

はないか？　しかし……最初からマサムネが身につけておったのか。それなら、どれだけ荷物の中を捜しても見つからぬはずだ》

「ごめん、結……おれ、ちょっと頭痛くて……反省会、中止にしてもらっていい？　家に帰ったら、すぐに寝たい。話しかけないでもらえると嬉しい。……鈴は、あるところがわかったんだから、すぐに取り戻せるよ。明日は日曜だし、朝一番に行ってなんとか将宗さんに頼み直してみる」

《大丈夫か？　ナギ。確かに、一刻も早く我が手に取り戻したいが……そうすれば、ナギとマサムネの妙な関係も正せる》

「ふ……妙な関係、か。本当に、結が鈴を取り戻したら将宗さんへのこの想いは消えるのかなぁ。こんなに好きで……苦しいのに。でも、消えちゃうなら……キレイさっぱり消してもらったほうが、いいかもね」

いっそのこと、欠片《かけら》も遺《のこ》さず消してほしい。

最初から支倉など好きではないのだと……ただ単に兄のように慕っていた頃の、純粋な『好き』に戻れるのなら、どれほどいいだろう。

《ナギ……》

「苦しい、よ。結。将宗さんを好きなの、偽物って言われても」

「ナギ」

「っっ!」

背後から低い声で名前を呼ばれて、弾《はじ》かれたように振り向いた。街灯の明かりが、すぐ傍に佇《たたず》む長身を照らしている。

いつから……そこにいた?

気配をまったく感じなかった。それよりも、結を相手に梛義が零した泣き言を、どこから聞いていたのだろう。

梛義は結と話しているつもりだったけれど、結の存在が見えず声も聞こえない支倉にとっては、ただの独り言にすぎない。

なにも言えずに支倉を見上げて立ち尽くす梛義に、支倉は険しい表情で口を開く。

「具合が悪そうだったから、途中で倒れるんじゃないかと……家まで送っていったほうがいいかと思って追いかけてきたんだが、今の話は……なんだ? 誰と、電話していた?」

「あ……」

姿が見えない相手との会話を、電話での会話だと思っているのか。

それなら、うまく誤魔化すことができるかと言い訳を考えていると、強い力で二の腕を摑まれる。

「鈴が、とか……鈴って、俺が鍵につけているヤツか。さっき、なんだか気にしていたな。いや、それより偽物の好きとか、想いが消えるっていうのはなんなんだ?」

「…………」

どうしよう。

予想より、ずっと早いところから話を聞かれていたようだ。

どう誤魔化せばいい？

ダメだ。うまく思考が纏まらない。黙りこくっている時間が長くなればなるほど、苦しくなるとわかっているのに……。

無言の梛義に、焦《じ》れたのだろう。

「ナギ……黙ってないで、なんとか言えっ！」

支倉が険しい表情でそう言いながら、両腕を強く摑んで揺さぶってくる。

指の食い込む痛みに唇を引き結んだまま眉を顰めた直後、結が支倉の手に飛びかかった。

《マサムネ！　ナギに乱暴をするなっ》

「結っ！」

「ッ、なんだ……っ、静電気？　え……？」

梛義が思わず結の名を呼んだのと、バチッと小さな音と共に青白い光が走ったのはほぼ同時だった。

驚いた顔をした支倉はパッと梛義の腕から手を離して、不思議そうに自分の手のひらを見ている。

しまった。つい、結の名前を口にしてしまった。

それよりも、今の光と音は……なんだ?

なんとも形容し難い沈黙が流れて、足元に視線をさ迷わせる。

「………」

梛義はもちろん、結も文倉も。

誰も、一言も口を開こうとしない。今ここで、なにをどう言えばいいのか、きっと皆がわからないのだ。

重苦しい空気が流れて、息が詰まりそうになる。

一番に立ち直ったのは、文倉だった。

「……店に戻ろう。色々、落ち着いて聞きたい」

そう言いながら、今度はそっと腕を取られて、離せと抗《あらが》う気力のない梛義は小さくうなずいた。


店舗部分の照明を落として、窓にブラインドを下ろす。

キッチンスペースだけに明かりを灯すと、休憩用に使っているイスに向かい合って腰を下ろした。

結は、梛義の膝の上にちょこんと座っている。そうして、ピリピリとした空気を纏って支倉を睨み上げている。

先ほどの行動といい、どうやら勇ましくも梛義を守ろうとしてくれているらしくて、心強い。

「まずは、ああ……鍵、じゃなくて鈴か。こいつがどうかしたのか？」

支倉が、ジーンズのポケットから鍵を取り出す。

目の前に示された二つの鍵と、そこに紐《ひも》で取りつけられている鈴をジッと見て、チラリと結に視線を落とした。

梛義と同じく鈴を見ていた結がこちらを振り仰ぎ、大きくうなずく。

「その、鈴……どこかで拾った？」

「いや、神室が置いていった荷物の一番上にあったんだが、変わった鈴だな……って言ったら、気に入ったならあげるわって譲られたんだ。どうも、神室もよく憶《おぼ》えていないらしくて、いつの間にか紛れ込んでたから……って」

話しながら鍵から鈴を外した支倉は、梛義の手を取って指を開かせた。その手のひらの真ん中に鈴を乗せられて、言葉もなく凝視《ぎょうし》する。

やはり、不思議な質感だ。仄《ほの》かなぬくもりが伝わってくるみたいで、なんとも形容し難い不思議なオーラを感じる。

「漆塗《うるしぬ》りのようだが、振っても音はしない。大昔の、貴族だかの持ち物の装飾品だったのかもしれないな」

「将宗さん。これ……おれがもらってもいい？」

「そりゃ、構わんが。その前に、説明してくれるか？　想いを消すとか、恋心が偽物だとか……俺も無関係じゃないよな？」

やはり、結との会話……梛義が口にした言葉の大半を聞かれていたらしいと、確信する。うまく誤魔化す術《すべ》を思いつかない。なにより、これ以上支倉に嘘《うそ》を重ねる苦しさに限界を感じて、ポツリとつぶやいた。

「結……全部、将宗さんに話すよ。いいよね？」

《こうなればやむを得まい。マサムネが目に見えぬものを信じるか否かは、さておき……》

結の許可を得て、顔を上げた。

支倉は、不思議そうに梛義の膝あたりを見ている。

自分の膝に「結」と呼びかけて話しかける梛義の姿は、結が見えない支倉にとってはさぞかし奇妙だろう。

「おれがこれから話すこと、どこまで信じるか全然信じないかは将宗さんに任せる。ただ、おれは嘘をつかないってことだけは……先に言っておくからね」

「……ああ」

真剣な表情でそう前置きした棚義に、支倉も真顔でうなずく。

棚義は一つ大きく息をついて、半月前の帰宅途中に結と出逢ったところから話し始めた。


「……これで、全部かな」

うまく説明できたかどうか、わからない。ただ一つ、なにも隠したり嘘をついたりするとなく、すべてを支倉に伝えたつもりだ。

結を見下ろすと、うんうんとうなずいている。

「信じるか信じないか、と言われたら……信じられんというのが本音だ。でも、おまえが嘘をついているとは思わないいな」

支倉は、複雑そうな顔で首を捻っている。

混乱するのは当然だ。結が見えて、会話もできる棚義でさえ、未だに夢ではないかと思うことがあるのだから。

「つまり、簡潔に言えば……おまえが俺を好きだって思ってるのも、その鈴が原因なのか。ってことは、俺が手ぇ出したあれこれはおまえにとって不本意な痴漢《ちかん》行為だな」

「ち、違うっ」

自嘲の笑みを滲ませてそんなことを口にした支倉に、反射的に言い返した。

梛義と視線を絡ませた支倉は、怪訝《けげん》そうに眉を顰める。

「そ……じゃない。痴漢行為なんかじゃ、ないよ。おれ、は……結が現れる前から、将宗さんが好きだった……から」

《ナギっ？》

驚きの声を上げた結を手で制しておいて、言葉を続ける。この勢いで告げておかないと、この先二度と言えない……と思ったのだ。

「だから、この一年くらい逢わないように避けてた。将宗さんを好きって思う自分が、怖かったんだ」

「それも……なんつーか、思春期の同性に対する憧《あこが》れ、って自分で言うのも図々《ずうずう》しいが……そういうのがベースで、勘違いしてるんじゃないのか？　だっておまえは、俺がおまえを愛《いと》しいって思うのを鈴のせいで、偽物だって言うんだろう？」

「違うっ。おれの感情は、本物だよ」

「俺の気持ちが嘘で、自分の感情だけ本物だと言い切れる根拠は？　一年以上も前から好きだったなんて……それこそ証明できんだろう」

「そう……だけど」

もどかしい。

うまく自分の思いを伝えられないのも、支倉に信じてもらえないのも……どう説明すればいいのか、わからない。

「心を見せられるなら、今すぐ将宗さんに見せたい。でも、それができないから……どうすれば証明できるのかなんて、わかんないよ」

途方に暮れた声でそうつぶやいて、肩を落とした。

視界の端に映る結が、おろおろとした様子で《ナギ、ナギ……泣くな》と宥めようとしてくる。

「……泣いてないぞ」

うつむいて結に言い返すと、支倉が「あー……」と、困惑をたっぷりと滲ませた声を上げた。

「よし、わかった。じゃあ、少し冷却期間を置こう。とりあえず、その、結だったか……に鈴の影響だってヤツを解いてもらう。今の状態じゃ、俺は自分のこともナギのことも信用できん。もうちょっと頭を冷やして、改めて話そう。それでいいか？」

「……うん」

冷却期間を設けて、頭を冷やす。

それは、大人の支倉らしい説得力のある理性的な意見だ。

確かに今の段階では、互いに混乱していて冷静に考えることができない。自分のことも、梛義のことも信じられないというのも理解できる。

《マサムネの案はよいな。では、すぐに取りかかるが……異論はないか？》

「うん。頼んだよ、結。将宗さん……おれ、今日はこれで帰るね。また、来るから」

「ああ。……じゃあ、な」

支倉は、名残《なごり》を惜しむような目で立ち上がった梛義を見ている。

次に顔を合わせる時は、自分に向けられる目が違うものになっているかもしれない。特別な愛しさを含むものではなく、ただの弟分に対する……温度の低いものに変わっている可能性が高い。

名残惜しさや離れ難い気持ちは、きっと梛義のほうが大きくて……でも、無理やり背中を向けた。

そうしなければ、いつまでも動けそうにない。

結が取り戻した鈴で解術したら、支倉の自分への思いはきっと消えてしまう。でも、梛義の支倉への想いは残るはずで……一方通行の恋が始まる。

もともと、叶《かな》うはずのなかった想いだった。労せず降ってきた、幸せな夢だったのだと思えばいい。

蜜月《みつげつ》と呼べる日々は、楽しかった……な。

そう思いながら一度だけ店を振り向いて、ふっと息をつく。

足元に視線を落として捻っていた身体を戻すと、未練を振り切るような勢いで自宅に向けて駆け出した。

□□□

帰宅が想定以上に遅くなったことで、姉たちからたっぷりと説教と嫌味を言われて、自室に引っ込むことができたのは深夜になってからだった。

「はぁ……なんか、めちゃくちゃ疲れた」

イスに座り、デスクに額をつけてため息をつく。頭のすぐ脇から、遠慮がちな結の声が聞こえてきた。

《ナギ、すまなんだ。ワタシのせいで、まこと色々と……ナギには迷惑ばかりかけてしもうたのだな》

「ううん。最初は迷惑っていうか厄介だなって思ったけど、結と仲よくなれたのは嬉しいよ。……もう、鈴の影響って解いた？」

《ああ。ワタシの手に戻った時点で、まやかしの縁はすべて解かれたはずだ。そのように、念じておる》

「そ……っか」

目を閉じて、支倉を思い浮かべる。

胸の奥が、甘く疼《うず》くのは……変わっていない。やはり、恋しくて苦しくて、心臓がギュッと握り締められたように痛い。

梛義の、支倉への想いに変化はないと断言できる。

支倉のほうは、どうだろう……？

《ナギ、その……マサムネを以前から好いておったというのは、まことか？》

結にそっと尋ねられて、瞼を伏せたまま素直に「うん」とうなずいた。

相手は、これまで支倉と梛義のやり取りを近くで見てきた結だ。今更、変に意地を張っても仕方がない。

「将宗さんが、好きだった。やっぱり……今も、変わらないよ。まやかしだとか、偽物だとか、誰にも……結にも言わせない」

《ナギ、ナギ……ワタシは、なんという罪なことを……。ナギの心を掻き乱して、マサムネまで混乱させて……すまぬ。どのように詫《わ》びればよいのかも、わからぬ》

泣きそうな声だ。

いつも強気な結が、梛義のことを気遣ってそんなふうにおろおろしているのだと思えば、笑う余裕などないはずなのに唇を緩ませてしまう。

「結……そんなに謝らなくていい。だって、最初から将宗さんへの恋心なんて、叶うわけがなかったんだ。なのに、好きって本人に言えて、少しのあいだだけでも恋人みたいに接してもらえて、夢みたいに幸せだった。逆に、おれは結に、ありがとうって言わないといけないかもしれないな」

皮肉ではなく、本心だ。

願っても叶わなかったはずの恋が、実る……夢を見られた。

幸福な夢から醒《さ》めたら、現実はそれまで以上に淋《さび》しいものかもしれないけれど、この半月ほどは確かに幸せだったのだ。

「それより、鈴……見つかってよかった。最後のほうは自分のことで手いっぱいになっちゃったけど、おれも、ちょっとは役に立てたかなぁ」

《もちろんだ。ナギがおらねば、どうなっていたことやら……恐ろしくて考えられぬ》

「それなら、いいや。うん。結と仲よくなれて、助けることができて……嬉しい」

小さな友人は、今では梛義にとってかけがえのない存在だ。

あの日、道端で結と目が合ったのは間違いではなかったのだと言える。

《ナギ……》

「もう寝るよ。……明日にでも、将宗さんの恋心がリセットされたかどうか、確かめないとね」

のろのろとイスから立ち上がって、ベッドに向かう。

泣くのを必死で堪えているような、みっともない顔を結に見せたくなくて……目を合わせられなかった。

《八》

なかなか寝付けなかったせいで、目が覚めると太陽が昇り切っていた。

日曜日ということもあって、姉たちは外出しているようだ。梛義がダラダラしていても文句を言う人がいないので、心が弱っている今はありがたい。

ベッドから降りてパジャマを着替えたところで、腹の虫が盛大に鳴いた。

「おれのご飯、あるかなぁ」

休日の沖田《おきた》家は、夕食を除いて朝昼は各自が自由に食事を取ることになっている。寝坊をしたり、外食したりと皆の行動がバラバラになるので、母親が「やってられない」と主婦業を放棄した結果だ。

悲惨なのは、今日のように予定外に寝過ごしたせいでキッチンに食材が残されていないというパターンで……のそのそと階下に降りてキッチンを覗いた梛義の嫌な予感は、見事に的中してしまう。

「なんで、食パンの一枚もないんだよ……」

ストッカーには、食パンもロールパンも、ビスケットの一袋も残っていない。インスタントラーメンは……と矛先《ほこさき》を変えてみたけれど、ゴミ箱に空袋が入っているのを目にして早々に諦めた。

「あら、棚義……いたの？」

呆然《ぼうぜん》と立っている棚義に、空になった深皿をトレイに載せてキッチンに入ってきた母親が声をかけてくる。

「母さん、おれの飯は？」

情けない声で食事を求めると、母親は目をしばたたかせた。

「やだ、静かだから出かけたのかと思って、一つも残してないわぁ。パンはお姉ちゃんたちが出かける前に食べちゃったし、ラーメンはお母さんとお父さんがお昼にいただいちゃったわ。もう少ししたら、お父さんと買い出しに行くからなにか買ってこようか？　冷蔵庫に、卵とヨーグルトはあるけど……」

「待てない。……足りない」

ガックリと肩を落とす。

こんな時間まで寝坊した自分が悪いのかもしれない。でも、まさか自宅で食糧難に陥ろうとは。

さすがに憐《あわ》れに思ったのか、嘆息した母親がエプロンのポケットから小さながま口財布を取り出した。

「お小遣いあげるから、外で食べるか好きなものを買ってらっしゃい。あ、その代わりお遣いを頼んでいい？」

不幸中の幸い。滅多にない、臨時収入だ。

手のひらに乗せられた二枚の五百円玉に目がくらんだ椰義は、お遣いの内容を確かめることなくうなずいた。

「……うん。いいよ」

そそくさと手を握り、貴重な小遣いを我がものにする。

お遣いとはなんだ、と母親に目を向けると、キッチンの隅を指差した。

「クリーニング屋さんから、咲苗の出していたものを預かってるの。なかなか引き取りに来ないから、忘れてるんじゃないか……って。出かけたついでに、あの子のところに届けてくれる？」

昔から近所にある個人経営のクリーニング店は、椰義の母親と叔母が姉妹だと知っている。店の保管場所を確保するためにか、時々こうして叔母が出したまま長く引き取りに行っていないものを母親に預けるのだ。

椰義もそれは知っているけれど、届けろと言われても……届け主が不在では、どうしようもない。

「咲苗さん、所在不明じゃないの？　どこか出かけているはずだけど」

「あら、帰ってるみたいよ。朝、菜々子《ななこ》が駅に行くのに通りかかった時、お店を開ける準備をしてるのを見かけたってメールしてきたから」

妹が出かける際に、叔母を見た……？

昨日は、間違いなくいなかった。支倉も、叔母のことなど一言も言っていなかった。だから、店であんなやり取りができたのだ。

あの後、深夜か……早朝に戻ってきたのだろうか。

「お願いしたからね」

「あ……」

椰義の前を通り抜けた母親は、シンクに皿を置いて水栓《すいせん》を捻る。もう用は済んだとばかりに、椰義を振り返りもしない。

一度はうなずいておいて、「やっぱり嫌だ」などと撤回できる理由を思いつかなくて、唇を噛んだ。

叔母と椰義の仲がいいことを、母親は知っている。今に限って、叔母への届け物を嫌がったりしたら、不自然極まりない。

これまでの椰義なら、不在にしていた叔母が戻っていると聞かされると嬉々《きき》として出向いていたのだから尚更だ。

支倉のことを考えれば、叔母と顔を合わせるのはとてつもなく気まずいのだが……。

「……じゃ、行ってきます」

「はいはい、咲苗によろしく。近いうちに顔を出しなさいよって、伝えておいて」

「ん、わかった」

背中を向けたままの母親と短く会話を交わすと、紙袋を取り上げてキッチンを出た。

階段を上がる足取りが、たまらなく重い。

《ナギ、あの店へ行くのか？》

「うん。……そうなる、かな。菜々子が見かけたのなら、自宅より店にいる可能性のほうが高いだろうし」

《そうか。では、マサムネもおるのだな？　術が解けたかどうか、確認できる好機だな》

「……そうだね」

本当は、まだ覚悟が足りない。もう少し時間を置いて、支倉と顔を合わせる心の準備をしたかった。

そう意気地のないことを考えていると、結が予想していなかったことを言い出した。

《ワタシも、神様のところに帰る前にきちんと解術できたか確かめておきたかったゆえ、ちょうどよいな》

「え？　帰る？」

階段の最後の一段を上ったところだった梛義は、ピタリと足を止めて肩に座っている結を見下ろす。

結は座っていた梛義の肩からふわりと飛び上がり、顔の前に漂った。

《そうだ。神様に、お叱《しか》りを覚悟で鈴を失《う》せておったことを報告せねばならぬ。無事に取り戻すまでは、合わせる顔もなかったが……ようやくお目通りできる》

「で、でも、ずいぶんと急だな。今日？　今、すぐに？」

《今すぐではないが……日が暮れるまでには、発《た》つ心づもりだ。ナギが教えてくれた社でしかと気を補って、昇る》

真顔の結は、冗談や思いつきを語っているふうではない。そうしなければならなくて、決意している。

唐突に別れを切り出された梛義だけが、しどろもどろになっている。

「そっか……じゃ、後で神社まで送っていく。おれが見送ってもいいよな？」

動揺を押し隠して、そう結に笑いかけた。

結は、神妙な顔でうなずいて梛義の肩に戻ってくる。

トンと肩に座るかすかな感触は、すっかり慣れたもので……口に出すことのできない淋しさが更に込み上げてきた。

やっと捜し物を見つけられたのだから、帰るのは当然かもしれない。慕っている神様に久々に逢えるのも、きっと嬉しいだろう。

だから、梛義の勝手な感傷を悟らせてはいけない。

叔母への届け物が入った紙袋を持つ手にグッと力を込めて、複雑に絡み合う感情を抑え込んだ。


店が近づくにつれ、足取りが鈍くなる。

少しでも叔母と逢うのを遅らせたいと、往生際悪く逃げていることはわかっているけれど、軽食を取るのだと自分に言い訳をしてカフェに寄り道をすることにした。

「こんにちは」

店内に入って、カウンターの内側にいる二人に挨拶《あいさつ》をする。梛義に気づいたマスターは、軽く会釈をして手元に視線を落とした。

代わりに、奥さんの花《はな》が笑いかけてくる。

「いらっしゃい、ナギくん。ランチ？」

「えっと、ブランチです。寝坊しちゃって。ＢＬＴのマフィンサンドと、アールグレイのアイスティをお願いします」

カウンターの隅に座り、オーダーを告げる。うなずいた花がカウンターの内側に入って紅茶の準備を始め、椰義の言葉が聞こえていたらしいマスターはサンドイッチに取りかかった。

二人のあいだに、会話はない。効率よく、それぞれの作業を進めていく。

これは、見慣れた光景だ。

《うむ、無事に鈴の影響は解けておるようだな。彼らは、仲違《なかたが》いをしておるわけではなかろう?》

「……いつもどおり、だ」

少し前の、ハートマークを振りまいていた二人とは雰囲気が違う。でも、これが彼らの『普通』なのだ。

結が語ったとおりに、鈴の影響は消えたのだろう。

「ナギくん、お待たせ。先にアイスティね」

「はい。ありがとうございます。いただきますっ」

差し出されたグラスを受け取り、ストローを差して唇をつける。さほど待つことなく、黙々と作業していたマスターが、白いプレートにサラダと共に載せられたマフィンサンドをカウンターの上に置いた。

花とは特に言葉を交わすことなく、次の仕事に取りかかっている。

やはり、アレはこの二人らしくない振る舞いだったのだと、痛感する。

鈴からは少し離れていたにもかかわらず、あれほどの影響を受けたのなら、身につけていた支倉は更に色濃く影響されたはずで……。

彼こそ、夢から醒めたような心地になっているかもしれない。

「悪夢じゃなかったら、いいけどな」

自嘲の笑みを滲ませてひっそりつぶやいた椰義に、手元にいた結が《うん？》と顔を上げる。

なんでもない、と首を左右に振って見せてマフィンに齧《かじ》りついた。

黙々と食べ続け、いつもよりゆっくりと咀嚼《そしゃく》したつもりなのに十五分ほどでプレートもグラスも空《から》になってしまう。

「行かなきゃ、な」

いつまでも、ここでグズグズしていることはできない。

花とマスターに、

「ごちそうさまでした。美味《おい》しかった！」

と告げて会計を終えた椰義は、届け物の紙袋を持ってカフェを出ると隣に足を向けた。

開け放されている扉からそろりと店内を覗いたけれど、レジカウンターのところには叔母も支倉もいない。

無人のわけはないのに、と首を捻りながら店の奥に歩を進めた。

レジカウンターの脇に紙袋を置いて、キッチンスペースにいるのかと足を踏み入れようとしたところで、ピタリと動きを止めた。

叔母と支倉、二人のいつになく真剣な雰囲気の声が漏れ聞こえてきたせいで気軽に話しかけられなくなってしまった。

このままでは、立ち聞きすることになる。ダメだ。店を出たほうがいい……と頭ではわかっているのに、足が動かない。

「……なら、このあたりで腹を括《くく》るつもり？」

「ああ。決められていた、区切りの歳も近いしなぁ」

「そうだなぁ。歳ってあんまり考えたくないけど、私も、『いい人』の存在を聞き出そうとする親戚《しんせき》がうるさい」

「あー……俺でも世話好きババアがせっついてくるのに、おまえは特に、女だもんな。想像がつく」

椰義がすぐ傍にいることなど、予想もしていないのだろう。漏れ聞こえてくる二人の会話を深読みして、心臓の鼓動を高鳴らせていることも……。

椰義は息を詰めたまま、支倉と叔母の声に耳を澄ませる。

「その、気の毒に……って目、やめてくれる？　行き遅れ結構。行かず後家なんて、いつの時代の言葉って感じ」

「すげーな。そんな単語、小説か映画の中でしか聞いたことがねーぞ」

「うるっさい。だいたい、あんたも悪いのよ。意味深にわざと誤解されるような言動をするから、変に誤解って言うか期待されて」

「待て、そいつは俺だけが悪いんじゃないだろう。利害の一致じゃねーの？　おまえだって、好都合だったじゃねーか」

「だから、それもいい加減に落ち着こうって話じゃない？」

「……確かに、おまえも俺もいい加減落ち着かないと周りが黙ってないか。俺も、そろそろ覚悟を決めなきゃならんと思っていたところだ。今の状態は、格好悪ぃ。オトナだなんて、威張れねーし」

「ん？　支倉、あんた……変わったんじゃない？　逃げるのはやめた、って感じでちょっと男前だわ。なにかあった？」

相変わらず、仲のよさそうな息の合った言葉の応酬だ。逢わない間のブランクなど、微塵も感じさせない。

梛義は気配を殺して足を引き、音を立てないよう細心の注意を払って店を出た。

どこへ行こうと、明確な目的地があったわけではない。ただ、少しでも早く、遠く……あの二人がいるところから離れたかった。

早足だったのが、少しずつスピードを上げ……懐かしい神社に続く長い石段に辿り着いた頃には、全速力になっていた。

「は……ぁ、全っ然、変わってな……い」

足を止めた棚義は、階段下の広場を見回して大きく息を吐き出す。

さすがにこの勢いのまま階段を駆け上がる余力はなくて、ゼイゼイと荒い息をつきながらゆっくりと長い階段を上る。

《ナギ、大丈夫か？　階段の途中で力尽きそうだぞ》

「……へーき……っだけど、ちょっ、と、待っ……て」

苦しい息の合間に、なんとか結に言葉を返す。

ようやく階段を登り切り、膝に手をついて背中を屈めると、しばらく声もなく忙しない呼吸を繰り返した。

五分近く経って、ようやく動悸と呼吸の乱れが落ち着いた。

「はー……久し振りにここの石段を登ったら、キツイな。こんなに長かったっけ」

振り返ると、大げさな表現だけれど階段の下が遙か遠くに見える。

運動部の中高生がトレーニングに使っている石段は、体育の授業以外で走ることなどほとんどない棚義にはきつかった。以前なら平然と階段を上り下りできていたのに、完全に運動不足だ。

本殿を横目に見ながら今度はゆっくりと境内《けいだい》を歩き、自然と足が向かったのは街を見下ろすことのできる裏手だ。

「前回ここに来たのって一年半くらい前なのに、変わってないなぁ」

高一の夏、支倉と花火を眺めて以来だ。

濃紺の夜空に描かれる光の華、少し遅れて届く音、まばゆい明かりに照らし出された支倉の横顔をこっそり見上げて、ドキドキした。この人が特別なのではないかと、薄々自覚して……怖くなった。

苦く、甘く……複雑な記憶がよみがえる。

それらを追い払おうと首を左右に振って、視線を落とす。

大きな檜《ひのき》の樹も、立派な藤棚も、皆が腰かけるせいで表面がツルツルになっている大岩も、何年も時間を止めているみたいだ。

展望台のようにせり出したところには転落防止の木の柵《さく》が設けられていて、その傍には同じく木でできたベンチがある。

そのベンチに腰を下ろすと、椰義の膝の上に結が座った。

《ナギ、先ほどのマサムネと女人は》

こちらを見上げて遠慮がちに話しかけられ、椰義は自分でも諦めの滲むものだとわかる微笑を浮かべる。

「おれの、叔母さん。結の鈴を拾った人だ。あの二人、仲よさそうだったろ。学生時代から、十年くらいあんな感じで……叔母さんがいたから、おれも将宗さんと逢えた。……おれが、そろそろ落ち着くかと、静かに語っていた。歳が……とか、随分と意味深な真剣な調子でのやり取りだった。

目を閉じて、先ほど聞いたばかりの会話を頭の中で再生する。

無理やり二人のあいだに割り込んだんだ」

二人とも、そういう年齢なのだと痛感する。今更ながら、自分より遥かに大人なのだと
……思い知らされた。
「なんか、結婚を決意した……って感じだったよなぁ。おれ、二人の仲を掻き回した気にな
ってたけど、実際は全然揺らいでない。なんか、おれの勝手な思い上がり……って」
声が喉《のど》の奥で詰まり、言葉を途切れさせる。
自分だけが、舞い上がって空回りしていたのだ。鈴の影響を受けていても、支倉は、叔母
への揺るぎない想いをきちんと保ち続けていた。
結の鈴の影響が解けたことで、もう梛義など見向きもしないし……この半月あまりのこと
もなかったことにされるに違いない。
非日常の力による気の迷いとして、支倉の心に苦い傷痕《きずあと》を印《しる》せたのなら……それはそれで
喜ばしいと、ほの暗い感情がじわりと湧《わ》き上がる。
そんな自分に嫌悪を抱き、大きく息を吐いて膝に肘《ひじ》をついた梛義は、ギュッと頭を抱える。
瞼を伏せて自我の殻に閉じ籠り、胸の内側に渦巻《うずま》く感情をポツポツと漏らす。

「結、鈴の影響を消したついでに将宗さんの記憶も消しちゃうことって、できない？　いっそのこと、全部忘れてほしい。じゃないと、おれ……どうしていいかわかんない。二人の結婚式なんか、絶対に無理。なんかもう、このまま結と一緒に行っちゃいたい……よ」

支離滅裂な言葉が、次々と唇から溢れる。

みっともないとわかっていても、吐き出さなければ、どんどん膨《ふく》れ上がって破裂してしまいそうだった。

両手で頭を抱えて唇を噛んでいると、その手をツンとつつかれるのを感じた。

《ナギ、そのようにうつむいておらず顔を上げるのだ》

「……っ慰めてくれなくて、いいよ。ただの、独り言。みっともない愚痴だから、聞き流してくれたら嬉しい。こんなの、結にしか言えない……。それとも、おれの記憶も消しちゃうとか。将宗さんを好きだって想いも、跡形なく消えちゃったらいいのに」

《……ワタシには、人の記憶を操るほどの力はないのだ。神様なら、可能だが……多忙な神には、人の子ひとりの記憶を操るなど望むべくもない。無力ですまぬ》

「ッ、わか……てる。言ってみただけ、だ。あの二人の姿を見たくないから店にも行けなくなるし、これで結まで帰っちゃったら淋しくなるな。おれ、独りぼっちだ」

ついに、『淋しい』という本音を口にしてしまった。梛義にこんなふうに言われたら、結は困るとわかっていたのに。

いろんなものが胸から抜け落ちて、ぽっかりと穴が開いてしまうみたいで……堪《たま》らなく淋しい。

《ナギ、なぁ……顔を上げろと言うておる》

「涙目だから、恥ずかしいよ。今のおれ、とんでもなくみっともない、不細工な顔をしてる」

「そうか？　実際に見てみないことには、なんとも言えねーなぁ」

「……えっっ？」

結の声ではない。低い、耳に馴染《なじ》みのある声で……不意打ちに驚いた棚義は、反射的に顔を上げてしまった。

「ま……将宗、さん」

いつからそこにいたのか、棚義の正面に支倉が立っていた。顔を上げた棚義と目を合わせると、ふっと頬を緩ませてしゃがみ込む。

そうして視線の高さを棚義とほぼ同じにして、目を細めた。

「不細工じゃないから安心しろ。うるうるの目ぇ、カワイーじゃないか」

「な……んで、結……っ？」

きょろきょろと視線を巡らせて、ベンチの隣に結の姿を見つける。

結は、支倉がここにいることを当然知っていたはずだ。それなのに、どうして教えてくれなかったのだろう。

「将宗さんがいるって、教えてくれよ」

《だからワタシは、顔を上げろと言うたのだ。だが……マサムネがおると知れば、素直に本音を言えなんだであろう？》

それは、否定できない。けれど、こんな形で恥ずかしい泣き言を支倉に聞かせて困らせるのは、嫌だった。

「将宗さんに、こんなの言うつもりなんかなかった。ごめん、将宗さん。今の、全部嘘だからっ。おれ、も……鈴の影響が解けて、ちゃんと将宗さんのこと好きじゃなくなったから、だから気にしないでよ」

《ナギ！》

結が非難を含む声を上げたけれど、もう言葉を止められない。きちんと整理できないまま、どんどん零れ落ちていく。

「だから、だから……っ、もうおれのことなんか気にせずに、蚊帳《かや》の外に追い出して、咲苗さんとっ……」

「おい、ナギ。一人で一方的に捲《まく》し立てるな。俺の言い分は無視か？」

硬い声でそう言いながら唇に指を押し当てられて、ピタリと口を閉じた。逃がしていた視線を支倉に向けると、怖いくらい真剣な瞳でこちらを見ている。

これ以上逃げるな、と。真っ直ぐに榧義と目を合わせる支倉の瞳が語っていて、グッと息を呑んだ。

「おまえが店に来たのは、置いていった荷物でわかったからな。俺と神室の話、聞いてたな？だから、声をかけずにコッソリ出ていったんだろ」

「う……ん。立ち聞きして、ごめんなさい」

「おまえが行きそうな場所はここだろうと予想したんだが、正解でよかった。他だと、おまえがどこにいるか、俺には思いつかなかったからなぁ」

最近の若者がどんなところで遊ぶのか、予想もつかん……と。穏やかに笑う支倉の意図が読めなくて、戸惑うばかりだ。

「将宗さん、おれ……邪魔しない、よ。咲苗さん、戻ってきたんだし、なんていうか我に返ったただろ？」

「だから、聞けって。結ってやつ……鈴の影響は、解いたんだよな？」

「うん」

結を相手にした泣き言……返答を求めない独り言のつもりだったから、自分がなにを口走っていたのか記憶が曖昧だ。

でも、支倉は確信を持った口調だった。梛義がそう零したことは間違いない。

「じゃあ、俺が今……おまえを好きだと言えば、本心だと信じるか？」

「な……に？　え……？」

想像もしていなかったとんでもない言葉に、目を瞠って絶句した。

頭の中が真っ白だ。今、耳に入った将宗の台詞は、外国の言葉だったのではないかとさえ思う。

「好きだよ、ナギ。忘れたいとか、消してくれなんて……言わないでくれ。おまえは？　鈴の影響がなくなったら、俺のことなんか神室に押しつけてやれって？」

大きな手で頬を包まれて、逃げかけた目を合わせられた。

支倉の目は、真っ直ぐに棚義を見ている。真摯《しんし》な色を湛《たた》えて、「好きだ」と……迷いない口調で、ハッキリと告げてくれる。

これは、夢の続きだろうか。

「き、聞いてた……だろ。おれが将宗さんのこと、どう想ってるか」

「知らねぇ。おまえにとって、独り言だったんだろ。直接言われてないんだから、俺は聞いてねーなぁ」

きちんと、言えよ……と目を細めて促される。

棚義は震えそうになる唇を一度ギュッと噛み、掠《かす》れた声で小さく口にした。

「す……好き、だよ。将宗さんのこと、好きだ。おれはっ、結に逢う前から、好きだったんだからな！」

みっともなく震える声で、もう絶対に支倉自身に告げることなどないと思っていた想いを口にする。

支倉は、梛義が消えてしまうと諦めていた……愛しさを含んだ目でこちらを見ていて、恥ずかしいほど優しい笑みを浮かべた。

「カワイー告白。それを嬉しがって舞い上がる俺も、あー……なんていうか、まだまだワカモノ心を残してたんだな。ナギのおかげで、新鮮な自分を発見した」

「将宗さん、なんか……変だ。結、本当に鈴の影響ってなくなってるんだよな？」

未だに戸惑うばかりの梛義は、結に目を向けて再確認する。

結は目をしばたたかせて、こくこくとうなずいた。

《隣の、かふぇとやらの夫婦を見ただろう。鈴の影響は解いておる。それは、マサムネの本来の姿だ》

「そ、そっ……かぁ」

結のお墨付《すみつ》きを得た途端、今更ながら恥ずかしくて堪らなくなった。照れくささに視線をさ迷わせていると、支倉が梛義の隣を指差す。

「そこに、結っていうのがいるのか？」

「うん」

「じゃあ、コッチ側ならいいな」

うなずいてつぶやき、梛義の左隣に腰を下ろす。

信じていないと言いつつ、結を踏み潰《つぶ》さないように気を遣う支倉の優しさが嬉しくて、唇に微笑を浮かべた。

「いろいろと、言わないといけないことがある。落ち着いて話したいから、一度、俺のところに来てくれるか」

「って、店？　咲苗さんは」

「いや、自宅のほうだ。神室は雑用を済ませると出かけたが、さすがにあそこで込み入った話はできん」

椰義がうなずくと、「よし」と立ち上がって右手を差し出してきた。そろりと左手を伸ばすと、強く握って引き上げられる。

握られた手が、あたたかい。支倉のぬくもりが、じわりと身体中に染み渡るみたいだ。

嬉しい。こんなささやかな触れ合いにドキドキする自分が、恥ずかしい。

《では、ワタシはそろそろ行くとしよう。ナギが笑うてくれてよかった。泣き顔でさようならは、淋しいからな》

「え、結……っ」

頭のすぐ後ろから聞こえてきた結の声に、慌てて振り返る。

ふわふわと宙に浮いている結は、いつになくキラキラと光を放っているみたいで……これから向かうところが、本当に人智の及ばない特別な場所なのだと椰義に思い知らせる。

行くとは、神様のところに帰ってしまう？

別れの前に、なにか言わなければならない。でも、なにを言えばいいのだろう。

たくさんあるような気もするけれど、なにもないような気もする。

もどかしくて、唇を噛んで沈黙するばかりの椰義に、結は笑ってツンツンと髪を引っ張った。

《ナギ、名残惜しくなる。淋しそうな顔をするでない。笑うのだ》

鼻の奥がツンと痛くなる。

でも……結が笑えと言うから。

視界が白く霞みそうになるのを必死で耐えて、無理やり強張る頬を緩ませた。

「結、本当に逢えてよかったって思ってる。これからも、大切な友達だ……って思ってもい い？」

これだけは伝えたいと、なんとか言葉を紡ぐ。

掠れそうになる声で途切れ途切れに口にする椰義に、結はコクコクとうなずいた。

《無論。ワタシにも、ナギは特別な友人であるぞ。これからも、ずっと変わらぬ。ありがとう》

結が椰義の前にあの鈴を翳《かざ》すと……チリンと澄んだ音色が響いた。

驚いた椰義は、目を見開いてこれまで鳴ることのなかった鈴を凝視する。

漆塗りで、澄んだ音色を響かせる素材ではなさそうなのに……確かに、一度だけ鳴り響いた。

《祝福の鈴音だな。ナギとマサムネの縁が、まことであることの証《あかし》だ。縁の深い二人の前でしか、御鈴が鳴ることはないのだ》

以前、結に聞いたことのある『特殊な条件』が、今……自分と文倉のあいだで成り立ったということか？

《ナギ。末永く、仲睦まじくあるのだぞ。マサムネ、…………》

結は、絶句する梛義に晴れやかな笑顔を見せて一際まばゆい光に包まれた。

あまりの眩《まぶ》しさに咄嗟に瞼を閉じてしまい、ハッと開いた時には……もうそこに、結の姿はなかった。

「結……行っちゃった」

また、逢えるのか……とは、答えが怖くて一度も聞けなかった。もう二度と逢えないと答えられたら、困らせることがわかっていて「もう少し一緒にいよう」と引き留めてしまいそうだったから。

胸の奥にぽっかりと穴が開いてしまったような淋しさに、ポツリとつぶやく。

偶然にも波長が合っただけで、もともと出逢うはずのなかった存在だ。

こうして別れなければならないのは当然なのに……梛義の日常に、すっかり溶け込んでしまっていた結がもういないのかと思えば、堪らない喪失感に襲われる。

「なぁ……結って、ポニーテールの一寸法師《いっすんぼうし》みたいな衣装のやつか？」

それまで無言だった支倉が、唐突に口を開いた。

「えっ？　なんで……おれ、そこまで言ってないよな？」

ボソッとつぶやいた低い声での言葉に驚き、正面にいる支倉を見上げる。結がどのような存在かは語ったけれど、服装や姿形まで話した記憶はない。

それなのに、まるで見えていたかのような的確さだ。

「いや、今……見えた。小さいのが、キラキラしてたぞ。はは……は、見ちゃった、って感じだ」

唖然とした調子でつぶやきつつ、笑う支倉は、さすがの肝《きも》の据わり具合だ。梛義は最初、見えなかったふりをして、現実逃避を図ったのだから。

「当たり、だ。どうして、最後の最後に将宗さんにも見えたんだろ」

「さぁ……な。鈴の音まで、聞こえたような気がするんだが」

「……ん、結が、祝福の鈴音だって」

「あの鈴の音、か？」

「うん。結は、縁を結ぶ神具だって言ってた。なんか、おれにとって本当にそのとおりになった感じだ」

けれどもう、縁を結んでくれたその結はここにいないのだという淋しさを噛み締めて、視線を足元に落とす。

椰義の手を握る支倉の指に、キュッと力が込められた。

「そんなに淋しがるな。独りぼっちじゃないだろ?」

「……うん」

傍にいてくれる。

そう、大きくてあたたかな手が語っている。

グスッと鼻を啜《すす》ったところで、頭上から困惑を含んだ支倉のつぶやきが落ちてきた。

「そういや、最後の最後に脅《おど》されたような……。神の使いって、人間を脅迫するものか?」

「え?　なに?」

「いや、……マサムネ、ナギを傷つけて泣かせたならば恐ろしい災いが降りかかるぞ、とかなんとか」

そういえば、結は最後に、支倉の名前を口にした?　椰義には、なにを言ったのか聞き取ることができなかったけれど……まさか。

いるはずのない結を捜して空中に視線をさ迷わせていると、支倉の手が伸びてきて肩口に抱き寄せられる。

「心配無用。大事にするぞ」

なにもない空間に向かって宣言した支倉に、カーッと首から上が熱くなる。

クスリと笑った支倉が、ポンと梛義の肩を一度だけ叩いたその感触が、結が乗ってきた時のものと酷似《こくじ》していて……グッと喉を鳴らした。

「とりあえず、移動するか。ここじゃ、落ち着かねーからなぁ。淋しそうなおまえを抱き締めて、キスで慰めることもできん」

「……バカ」

冗談めかした台詞に、泣くのを堪えているのだと隠せない上擦《うわず》った声で、ポツリと言い返した。

支倉も気づいているはずだが、なにも言わずに手首を摑まれる。梛義は足元に視線を落として、支倉に手を引かれるまま足を踏み出した。

石段に向かいながら、チラリと振り返った木のベンチには、やはり結の姿はなくて……唇を嚙み、支倉の手を強く握り返した。

《九》

「お邪魔、します」

玄関先でおずおずとつぶやいて、靴《くつ》を脱ぐ。

よく考えれば、支倉の住居に立ち入るのは初めてだ。何度かお邪魔したことのある叔母の部屋と間取りは同じでも、雰囲気が全然違う。

「生活感、ゼロだな」

思わず、感じたままをつぶやいた。

支倉に続いて入ったリビングらしき部屋は、見事なまでに物がなかったのだ。そのせいで、やけにだだっ広く見える。

ここには、正方形の小さなガラステーブルの上にノートパソコンがあるのと、ソファベッドらしきもの。その脇に、畳《たた》まれた布団《ふとん》一式。

奥のキッチンスペースに置かれているのは、小さな冷蔵庫と電子レンジ。炊飯器らしきものはなさそうだ。

目につく範囲にある生活用品はそれだけで、もしかしたら、洗濯機もないのかもしれない。

「そりゃ、おまえも知ってるだろうが……あちこちふらふらしていて、ほとんどここにいないからな。荷物置き場と、寝床があればいいってくらいだ。パソコンでテレビを見たり情報収集をしたりはできるし、携帯電話があれば知人との連絡もできる」

呆然としている椰義にそう言いながら冷蔵庫を開けて、ペットボトルのお茶とコーヒーを手に戻ってきた。

「好きなほうを取れ」

「じゃ……お茶」

緑茶のペットボトルを受け取った椰義は、ソファの隅に腰を下ろした。手持ち無沙汰《ぶさた》なのを誤魔化そうと、ペットボトルのキャップを捻って口をつける。

少し時間を置いて冷静になったせいか、やけに恥ずかしい。支倉と目を合わせられない。

「さてと、どこまで話したか？」

どっかりと椰義の隣に座った支倉は、そんな繊細さを持ち合わせていないようだ。平然とした口調で、中断していたやり取りの続きを持ち出す。

「デリカシーない」

ボソッとつぶやいた椰義に、「ん？」と怪訝な表情になった。椰義は、ふいっと顔を背けてため息をつく。

「咲苗さんと、つき合ってたんじゃないかって疑惑が……解けてない。さっきの話、立ち聞きしちゃったけど、互いに落ち着くとか……すっごい意味深だった」

顔を背けたままポッポッと訴えた椰義に、支倉は短く「ああ、そういや」と惚《とぼ》けた調子で零す。

子供扱いして適当に誤魔化す気なら、ペットボトルを投げつけて出ていってしまおう。

椰義はそう決意して、ペットボトルを握る手に力を込める。

「神室は、純粋な友人……むしろ悪友だな。互いに男や女やらってことを意識したことは、一度もない。雑魚寝《ざこね》をしても、一ミリもその気にならん程度に対象外だ」

「……おれの母親も、姉ちゃんたちも……将宗さんと咲苗さん、実はつき合ってるだろって言ってた」

「そうやって、周りが都合よく邪推してくれるおかげで、余計な煩《わずら》わしさを回避できる。利害が一致したから、肯定も否定もせずに勘違いさせておいた。そのせいで、おまえを無用に傷つけてたなら……悪かった」

予想外なことに、真摯に謝られて背けていた顔を戻す。

支倉を見上げると、いつになく真剣な表情で椰義を見詰めていた。それだけで、適当に誤魔化そうとしているのではないと信じられる。

「意味深な会話の、本意は？」

「うん？　意味深、か。俺の家はな、ちょっとばかり特殊なんだ。二十代のうちは、口を出さずに好きにさせてくれる。ただ、三十になる前に決めなければならないことがいくつかあってな。家の事業に組み込まれて、歯車の一つになるか……義務を放棄する代わりに権利も手放して、事実上勘当の身になるか。二人の兄貴は、家の事業に組み込まれることを決めた。俺は……歯車になる自信がないから、現実から目を逸らして逃げ回ってたんだ。そのリミットまで、残り二ヵ月ってところか」

つまり、もうすぐ誕生日を迎えて三十歳になる支倉の『腹を括る』は、自身の将来の選択という意味か。

「二十代のうちは好きにさせてくれるっていうのは、ありがたいと思わないといけないんだよな。たいていのやつは、もっと早く……学生時代には将来を定めているんだから。ただ、一度会社に組み込まれたら、俺だけの問題じゃなくて関連企業やらにも責任が生じる。いずれ、数百……数千の人間とその家族の生活が、自分の肩に伸しかかる。それが怖くて、みっともない話だが……逃げてたんだ」

棚義に詳細を語る気はないようだけれど、これだけで支倉の『家』が棚義には想像もつかない次元のものなのだろうと推測できる。

なにより、そこまで考えることができる支倉は、逆に言えば責任感が強すぎるのだろう。

逃げるという言葉は、棚義の知っている支倉には似つかわしくなくて、でも……彼らしくない弱さを見せてくれるのは、嬉しかった。

子供扱いをするのではなく、対等な存在として扱ってくれていることの証拠だ。

「ギリギリまで迷っていたが、決めた。一度、実家に戻って計画やら自論をぶちまけてくる。どっちにしても、気ままな放浪は終わりだ。一旦、いろいろとリセットだな」

決めた、という言葉どおりにいろいろと吹っ切れたような口調だ。

放浪は、終わり。その言葉が意味するものは？

「じゃあ、ここ、出ていかないといけない？」

「あ？　なんでだ？　このビルの名義は、俺だ。ジイサンから、生前贈与でもらい受けた。だから、格安で神室にも貸し出せているんだろうが」

「……ここを貸してくれてる咲苗さんの知人、って将宗さんだったんだ」

共通の友人の所有物かと予想していたけれど、まさか支倉自身のものだとは思わなかった。

やはり、椰義が想像するよりずっと『いいところの子息』なのかもしれない。

尋ねれば、支倉はあっさり答えてくれそうだが、確かめるのはなんだか怖い。知らないほうがいいかも――。

目を泳がせていると、支倉が椰義の頭を自分の肩口に抱き寄せた。

「いっつも、おまえが背中を押してくれるんだよな。初めて逢った時も……さ、おまえが格好いいって言ってくれたから、インディ・ジョーンズを気取って放浪するかって、それまでの迷いを手放したんだ、おかげで貴重な経験を積めたし、金では買えない人脈ってやつを世界中に持つことができた」

「本当に？　でも、おれ、余計なことしたんじゃ」

椰義が、わざわざ危険の多い道に送り出してしまったのかと眉を顰める。

そんなことをしなくても、支倉の前にはもっと堅実で安全な進路が用意されていたのではないかと、表情を曇《くも》らせた。

「そんな気ぃ回すな。ありがたいって言ってんだよ」

すると支倉は、子供のように「バカ」と笑って、椰義の頭をポンポンと叩く。

ふっと息をつき、静かに続けた。

「結に、感謝だな。おまえに手を出したきっかけは、あいつの鈴かもしれない。そうでもなければ、俺にそんな度胸はなかったはずだ。おまえが大事で……特別で、どうでもいい相手にするみたいにあんなふうにふらりと気軽に手ぇ出すなんて、間違ってもできなかった。いずれは、おまえに対する特別な気持ちが恋愛感情だって認めることになったとしても、あと数年は逃げ回って考えることもできなかっただろうな」

「結の鈴が……きっかけ、だった？」

「ああ。こう、胸の内側でもやもやしていたものから目を逸らしていたんだが、ポンと背中を押された感じだ。気がつけば、おまえに手を伸ばしていた。一回ストッパーを緩めると、どんどん可愛くなって愛しさが増して……離せなくなりそうだって言ったのは、本音だからな。おまえは、いろんな意味で俺の計算外だ」

どうしよう。嬉しい。胸の内側が、じわじわと熱くなって……全身を猛《もう》スピードで血液が巡り始める。

落ち着かない気分で身体を硬くしていると、支倉が弱った声でつぶやいた。

「参ったなぁ。おまえに手を出した時点で、神室に蹴《け》られるかとは思っていたが」

「だ、だから内緒だ……って？」

「保身を図る無様な男だって、笑え」

「わ、笑わないよ。咲苗さんの蹴り、本当に強烈だもん」

アレを知っていれば、笑えるわけがない。

そう真顔で答えた椰義に、支倉は一拍の間を置いて……「でも」と続けた。

「その覚悟ができたぞ。あいつの蹴りの、二発や三発……はちょっと厳しいが、ともかく甘んじて受けてやる」

「それ、どういう意……」

顔を上げて聞き返した椰義の言葉は、最後まで口にすることができなかった。支倉の唇に阻まれて、中途半端に途切れてしまう。

「ッ……ん」

舌を絡みつかせる濃密な接触は少し怖いけれど、逃げない。その意思を伝えたくて、支倉の背中に腕を回した。

ぴったりと身体を密着させれば、ぬくもりと鼓動が伝わってきて、なんだかホッとする。

「あ……」

ズルズルとソファに押しつけられて、戸惑いの滲む目で支倉を見上げた。

どうしよう。これまでとなんだか違う空気を纏った支倉は、知らない大人の男みたいでドキドキするのに、逃げられない。

なにが起こるのかわからない怖さより、こうして支倉とくっついていられることの喜びが勝っている。

「高校生、か。あの可愛かったナギに、すげー悪いことをしてる気分だな」

「おれ、コーコーセーだけど、もう子供じゃないよ。どうするかも、知ってる。将宗さんができないなら、おれがする」

そう宣言すると、両手を伸ばして支倉の頭を引き寄せた。

不器用なキスだったはずだけれど、支倉はビクッと肩を揺らして梛義の口腔《こうこう》に舌を潜り込ませてくる。

離されたくない。もっと、もっと……くっつきたい。

そんな欲求がどんどん膨れ上がって、破裂しそうだ。

「っは……ぁ、将宗さん、ホントにいい……のかな」

「そりゃ、こっちの台詞だ。俺は、神室の蹴りを覚悟するくらい……おまえのヘタクソな誘惑にどうしようもなくそそられるくらいには、本気だぞ。おまえこそ、いいのか？　このまま、俺のもんにしちまうぞ」

——ヘタクソな誘惑？

なんだか引っかかりを覚える言葉だったけれど、梛義を見下ろす支倉の目にチラチラと熱が覗いていて、軽い口調ほど余裕がないのだと伝わってくる。

ドクンと、心臓の鼓動がこれまで以上に激しさを増した。

「うん。将宗さんが好きだ。もっと、特別になりたい。なんでも、好きにしていいよ。そのほうが、いいんだ」

「ナギ……おまえ、そんなに可愛くてどうすんだよ」

どことなく途方に暮れたような響き声がなんだか可愛くて、梛義はぎこちなく微笑を浮かべると再び支倉の頭を抱き寄せた。

まだ西に傾き切っていない太陽が、窓から明るい光を降り注いでいる。

隠すものがなくて恥ずかしいけれど、支倉はそ知らぬ顔で梛義から着ている物をすべて剝《は》ぎ取った。

「本当に育ったな。ちょっとだけ罪悪感が薄くなった」

「どこ見て言ってんだよ」

支倉の目元を手で覆うと、笑いながらその手を摑まれる。ついでのように指先を舐められて、慌てて振り払った。

「いつまでもガキじゃないってことか。それだけ自分が歳を食ったかと思えば、複雑な気分だがな」

微妙な表情でぼやいた支倉に手を伸ばして、シャツのボタンを一つずつ外す。露《あらわ》になった胸元に手のひらを押しつけて、熱っぽい吐息《といき》をついた。

山中や辺境の地でサバイバルに近い日々を送っているせいで、実践的な綺麗な筋肉が乗っていると思う。この厚みのある胸板は、やはり梛義の憧れだ。

「初めて逢った時から、将宗さんはおれのヒーローだよ。ボサボサで汚くて、不審者として職質されるような見てくれでも、格好よかった」

「っふ……そんなことを言うのは、おまえだけだ」

目の前が暗く翳り、瞼を伏せる。唇が触れたと思えば、遠慮なく舌先が潜り込んできた。

そのあいだも支倉の手は、梛義の身体に触れてくる。

肩……腕、手首。首筋から胸元、下腹部まで。

「っあ、ア……ッ、そ、こ、ゃ……ッ」

込み上げてくるものが、くすぐったいだけなのか危うい感覚なのか、ゴチャゴチャに混じり合ってわからなくなる。

狭いソファの上でゴソゴソ身を捩《よじ》る梛義に構うことなく、支倉は膝を摑んで左右に割り開いた。

「ま、将宗さ……ん。ッ、そんな……見るなって、バカ」

「見るよ。全部……俺のもんだって、目に焼きつける。好きにしていいって言ったの、おまえだろ」

「そ……っ、だけど」

顔が熱い。無防備な姿を晒《さら》すことが、こんなに恥ずかしいなんて知らなかった。

頭の中がグチャグチャに混乱して言葉もない梛義に、もう遠慮を手放したらしい支倉はマイペースで触れてくる。

自分の手しか知らない屹立《きつりつ》を握り込まれると、頭の芯に痺《しび》れるような快楽が走った。

「ぁ、ぁ……ッ、ン」

「声、嚙み殺すな。どこがいいか、教えろよ」

「だ、って……あっ、ぁ……ヤダ、そんなに触ったら、も……っ」

屹立に絡みついた指が、絶妙な力加減で刺激を与えてくる。呆気《あっけ》なく高みに押し上げられ

そうになり、泣きそうな声で嫌だと訴えた。

支倉の手に触れられていると思うだけで、どんどん熱が身体の中心に集まっていくのだ。

「いいから、出しちまえ」

「ゃ……っ、ぁ……あ」

指先で先端部分をグルリと辿られて、背筋を強烈な心地よさが駆け上がる。

ビクビクと身体を震わせた梛義は、我慢が利かずに支倉の指を濡らしてしまった恥ずかしさに身を小さくした。

「ごめ、なさ……い」

「なにがごめんだ？　俺が、出せって言ったのに。って、おい……泣くなよ」

「な、泣いてなんかない！　その、ちょっとだけ、ビックリして……将宗さんが嫌なわけじゃないからな」

強がって否定したけれど、視界が白くぼやけている。

予想を遙かに凌駕《りょうが》する刺激の強さに、驚いただけだと言い訳をして支倉の背中にしがみついた。

「急ぎすぎたか？　俺も、余裕がねーなぁ。みっともない」

ポン、と梛義の背中を軽く叩いた支倉の手は、熱を帯びていたけれど……声はやんわりとしたもので、理性を取り戻してしまったのだと伝わってきた。

もう、その気がなくなってしまったのだろうか。梛義が、子供じみた反応をしてしまったから？

「将宗さん、続き……してよ。もう、泣いたりしないから。おれ、なんでもできる」

「バカ。無理させたいわけじゃねぇよ。今、無理に急がなくても、また今度……な」

そう言いながら梛義の髪に触れてきた支倉の手からは、色っぽさが薄れてしまっている。

空気の濃度まで変わってしまったみたいで、自分に対する腑甲斐《ふがい》なさに情けない気分が込み上げてきた。

「でも」

「どうしても気が済まないってなら、手……貸してくれ」

「あ……」

上半身を引き起こされて、支倉の膝に乗って向かい合う体勢になる。そっと手を取られて誘導された先には、支倉の熱が引き切っていない証拠があった。

それが嬉しくて、拙《つたな》い触れ方だろうけれど指を絡みつかせる。

「っあ、将宗さ……ん、おれは、も……う、いい……っ」

身体のあいだに潜り込んできた支倉の手が、梛義の脚のあいだを探ってきて……ビクッと肩を震わせた。

「嘘つけ。まだいけそうだ。ほら」

「ン、ン……ぅ」

収束し切っていなかった熱を、再び煽《あお》り立てられる。顔を上げるよう促されて唇を重ね、舌を絡みつかせながら夢中で指に神経を集中させた。


「一度、実家に戻って、色々ときちんと片をつけて……仕切り直す。それまでに、神室にも蹴られておくかな」

膝の上に乗り上がった椰義の背中を抱いた支倉は、ふっと息をついてそう口にした。

ようやく乱れていた呼吸が整い、椰義の頭にも思考力が戻ってくる。

「ん、じゃあ……おれも、偏差値が妥当ってだけで適当に並べた大学の経済学部って進路票を書き直す。考古学科って、確か文学部だよね」

担任教師には、今更だと眉を顰められるかもしれない。

でも、もう『潰しが利くところを適当に』という進路希望はやめようと決めた。もし、一年足踏みをして遠回りすることになっても、自分が決めた道を進みたい。

「……本気か？」

「もちろん。おれが邪魔でなければ、将宗さんと一緒のことがしたい。いつか、助手になれたらいいなぁ。あ、あと……外国語もいくつか勉強しないといけないよね。英語は絶対で、あとは？」

「そんなに急ぐな。じゃあ……俺も、実家を説得できたら、おまえを迎えられるようにポジションを確保しておくか」

落ち着け、と椰義の背中を叩いた支倉が、独り言のように『計画』を語る。

椰義にしてみれば、あまりにも漠然としたもので、密着していた身体を離して支倉と目を合わせた。

「ポジション？　説得って、なにする気だよ」

「んー……頓挫《とんざ》したらみっともないから、形になりそうって確信が持てたら話してやる」

ふっと笑った支倉は、椰義の前髪を掻き上げてそこで話を打ち切ろうとした。

椰義は頭を振って支倉の手から逃れると、軽く睨みながら唇を尖らせる。

「そんなふうに予防線張るのって、ズルい」

「慎重な大人と言え。歳を食ったら、変なところで憶病《おくびょう》になるんだよ。おまえに関しては……なりふり構わず手に入れたって感じだけどな」

「……違う。おれが、将宗さんを手に入れたんだ。結もそう言うと思う」

こればかりは、きちんと主張させてもらわなければ。

きっと、椰義が待っているだけでは事態はなにも動かなかった。

結が背中を押してくれたおかげかもしれないけれど、梛義のほうから支倉が欲しいと手を伸ばしたのだ。

ほんの少し眉間に皺を刻んだ支倉は、不承不承といった顔で仕方なさそうに首を上下させた。

「ああ……そうかも、な。ったく、いつの間にか凜々《りり》しくなりやがって」

「頼もしい、って言ってほしいな」

胸を張って言い返した梛義は、支倉の肩に頭を押しつけて瞼を閉じる。

耳の奥で、リンと鈴の鳴る澄んだ音が聞こえた気がして……結からの返事のようだと、唇を綻《ほころ》ばせた。

恋はやがて愛に成る

艶々《つやつや》と光を弾《はじ》く応接室のテーブルは、作家による一点もののハンドメイドで、ナントカという大層な銘の逸品……らしい。

……角のところに、小さな傷を見つけてしまった。脚にも、硬いものをぶつけた痕跡《こんせき》が。

目の前にあるテーブルを検分することで手持ち無沙汰《ぶさた》を誤魔化していた支倉《はせくら》は、バサリと視界の端を過《よぎ》った紙の束にハッと顔を上げた。

「まぁ……いいだろう。なかなか面白い」

「ありがとうございます」

これは、許しを得たと受け止めてもいい反応だ。

ホッとしたことが顔に出ないように表情を引き締めると、膝《ひざ》に手をついて深々と頭を下げた。

祖父は八十を過ぎた年齢だが、支倉家において絶対的な存在だ。企業におけるCEO《最高経営責任者》の座こそ父親に譲っているけれど、新事業についての会議には欠かさず出席するし、孫にあたる自分たちの処遇についての決定権も祖父が掌握している。

祖父と並んでソファに座っている父親も、この祖父には未《いま》だに頭が上がらない。

しばらく逢《あ》わないうちに、髪が乏しくなったのでは……などと考えながら視線を向けたところで、不意に目が合う。祖父がテーブルに置いたものと同じ書類を手にしている父親は、そこでようやく口を開いた。

「長々と大学に在籍した挙句、やっと院を出たかと思えば、勝手気ままに国外をふらついて……支倉の名を捨てるつもりかと危ぶんでいたが、無駄な時間を過ごしていたわけではないみたいだな」

嫌味を含んだ言葉を切ると、ジロリと睨《にら》みつけられる。

支倉は、数年前まで確かにそのつもりだったのだと悟られないように微笑を浮かべ、意図して飄々《ひょうひょう》と言い返した。

「支倉の名前は、魅力的ですから。この家に生まれた特権だと思って、最大限に利用させてもらいますよ」

国内外で多角的に事業を展開する『支倉』は、地元では誰もが知る家だ。当然、そこの三兄弟も近所では顔が知れ渡っていて、どこで遊んでいてもよくも悪くもすべてが当日のうちに両親の耳に届いた。

窮屈で堪《たま》らないと、『支倉』を恨めしく思ったこともある。自分の名を誰も知らない、興味も持たない海外での生活は気楽で……でも、自分が『支倉』に守られていたのだと思い知らされる状況に陥ったこともあった。

その点でも、猶予《ゆうよ》としてもらった二十代のあいだ、無駄な時間を過ごしたわけではないと堂々と言い切れる。

こうして、『支倉』を利用してやると一種の開き直りを躊躇《ためら》わず主張できるくらいには、変わったはずだ。

自分から視線を逸《そ》らすことのない支倉に、なにを見て取ったのか……祖父が「ふん」と鼻を鳴らす。

「……泣き虫な末っ子が、偉《えら》そうに。やると決めたからには、中途半端なことをするんじゃないぞ」

「もちろん。お祖父様《じいさま》にも、なにかとお力添えをいただくかと思いますが……よろしくお願いいたします」

泣き虫な末っ子、という一言は聞かなかったことにしてうなずいた。ついでに、祖父と目を合わせて今後の根回しを図る。

眉間《みけん》に縦皺《たてじわ》を刻んだ祖父は、眼光鋭くこちらを見つめ返した。

「こまっしゃくれた言い回しをせず、素直に、資金を寄越せと言え」

「……資金をお寄越しください」

険しい顔の祖父に対して、真顔で『素直に』答える。すると、祖父は大きく息を吐いてソファの背もたれに背中をつけて……破顔した。

「はっはっはっ！　経理関係に話を通しておくわい。四億でも五億でも、おまえの好きなようにしろ」

自分の返答のなにかが彼の『ツボ』を押したらしい。膝を叩《たた》きながら、子供のように大笑いしている。

重要行事の際、数千人を前にして気難しい顔で威風堂々と仁王立ちする祖父の姿しか知らない若い社員が目にしたら、目を瞠《みは》って絶句する光景に違いない。

「ちょ……父さんは、相変わらず将宗《まさむね》に甘いんですから」

「俺は面白いことが好きなだけだ。おまえも、面白い事業案を立ててみろ。社長のイスにふんぞり返っているだけでは、成長するのは腹の肉のみだ。脳みそは、使わんかったら干からびるぞ」

その祖父自身は、インターネットを駆使して株の売買をしたり、ふと思い立って出かけた海外のカジノで豪遊したり、かと思えばネットゲームで世界中の同士とロールプレイングゲームに興じたり……アクティブすぎて、支倉でもついていける自信がない。

豪胆な祖父とは正反対の気質を持つ慎重で堅実な父親は、露骨《ろこつ》に嫌な顔をして首を横に振った。

「あなたを面白いと言わせる案など、私から出るわけがないでしょう。まったく……将宗のやつ、ますますあなたに似てきたんじゃないですか」

二人いる兄を差し置いて、末っ子の自分が一番祖父の性質を受け継いでいる……とは、幼少時から言われ続けてきたことだ。

畏《おそ》れ多いとしか言いようがないけれど、確かに祖父とは気が合うし従兄弟《いとこ》を含めた孫の中でも格別に可愛《かわい》がってもらっているという自覚はある。

だからこそ、下手《へた》なことはできないと決意を新たにする。祖父の寵愛《ちょうあい》に胡坐《あぐら》を掻《か》いて、『バカ坊ちゃん』呼ばわりされるのは業腹《ごうはら》だし、こうして二つ返事でゴーサインを出してくれた祖父にも顔向けできない。

「……そこそこ、いい顔をするようになったじゃないか。俺が生きている限り、金も口添えも惜しまん。思うようにやるがいい」

「はい。甘えさせていただきます。では……私はこれで失礼します」

もう一度祖父と、ついでに父親にも頭を下げておいてソファから立ち上がった。踵《きびす》を返そうとしたところで、「あ、将宗」と父親に呼び止められる。

「はい？」

「時間があるなら、夕食をどうだ。母さんが顔を見たいと言っていたぞ」

つまり、実家に顔を出せということか。

親孝行という意味では母親に逢うべきだと思うが、今日はそうすることのできない理由がある。

「すみません、本日は先約がありまして」

迷うことなく断りを入れた支倉に、父親が訝《いぶか》しげな顔になる。そして、なにやら思いついたように「ああ」と続けた。

「もしかして、女性か。おつき合いしている人がいるなら、近いうちに連れてきなさい。おまえも三十だ。そろそろ落ち着いてもいい歳だな」

「ご期待に副《そ》えなくて申し訳ないのですが、先約の相手は女性ではなく学生時代からの悪友です」

頭にその『悪友』を思い浮かべて、「悪い」と両手を合わせた。神室咲苗《かむろさなえ》は、生物学的には女性に分類されるのだ。外見的には、黙ってさえいれば楚々《そそ》とした美人と言えなくもないが、支倉の感覚的にはアレは女ではない。

学生時代から習っているキックボクシングで鍛えた足は、正しく凶器だ。有言実行、思い立ったら迷わず即行動に移すあたり、中身も実に男らしい。本人に、女じゃない呼ばわりをしたことが知られれば、容赦《ようしゃ》なく蹴《け》られるに違いない。

友人としてのつき合いは、十年余り。

実は男女の関係だろうと勘繰られることも少なくないが、互いに性別を意識したことは一度もない。友人たちの中でも一番気が合う彼女は、言葉で表そうとしたらやはり『悪友』としか言えない相手だ。

「放浪癖のある、地に足の着いていない男と真剣に交際しようなどというボランティア精神が旺盛《おうせい》な女性とは、残念ながら縁がないようでして」

自虐的に口にした支倉は、笑いを取るつもりだった。けれど、生真面目《きまじめ》な父親は支倉の軽口を正面から受け止めて、真顔になる。

「甲斐性《かいしょう》のないやつだ。どんなタイプが好みだ。年齢の釣《つ》り合う、知人のお嬢さんに当たってみて……」

雲行きが怪しくなってきた。

うっかり見合いをセッティングされたら面倒だ。放浪癖のある、地に足の着いていない男と真剣に交際しようという女性とは縁がなくても、真っ直《ます》ぐに「好き」と告げてくれる可愛い存在はいるのだから。

「せっかくですが、見合いは遠慮します。伴侶《はんりょ》くらい、自力でなんとかしますよ」

根回しは不要だと口にしたところで、祖父と視線が絡んだ。いつからこちらを見ていたのかわからない。全然、気がつかなかった。

不覚にも笑顔を引っ込めてしまった支倉を、どう思ったのだろうか。祖父はほんの少し唇《くちびる》の端を吊《つ》り上げて、視線を逸らした。

年の功とでもいうか、祖父の目にはいろんなものを見透《みす》かされているような気分になる。

「もう、いいですか？　友人との約束の時間が迫っていますので」

そんな一言で逃げを図る自分は、なんとなく情けない。祖父を前にすると、幼い子供に戻ってしまったような気分になる。

両親に対しては屁理屈《へりくつ》で言い逃れられても、昔から祖父にだけは、嘘《うそ》や誤魔化しが通用しないのだ。

今も……祖父は一言もしゃべっていないのに、自分一人で気まずさのあまり居心地が悪くなり、こうして場から逃れようとしている。

そんな、支倉と祖父の駆け引きじみた無言の攻防に気づかないのだろう。父親は、小さなため息をついて話を切り上げた。

「遊ぶのはいいが、妙なことにならないよう……うまく遊びなさい。母さんが拗《す》ねるから、近いうちに家に顔を出すんだぞ」

「……わかりました」

母親と顔を合わせれば、やはり「そろそろ将宗も、お嫁さんを」と持ち出されるのが目に見えているので、できるだけ避けたいのだが……そんなわけにもいかないか。父親の言うように、変に拗ねられると後々面倒だ。家の中で紅一点の母親には、父親も兄たちも、自分も勝てない。

こっそり嘆息した支倉は、今度こそ二人に会釈を残して応接室を出た。

□□□

夕方のラッシュには少し早いと思っていたのだが、電車内は予想より混み合っていた。駅の改札を出たところで、大きく息をつく。

「ジャパニーズビジネスマンってやつを、マジで尊敬するなぁ」

これ以上の混雑を、毎日乗り越えて通勤する彼らは、支倉から見ればスーパーマンだ。

普段は縁のない都心の電車に揺られると、肉体的にというよりも精神的に疲れる。ここしばらくは中東を中心にうろうろしていたので、人口密度の高くない環境に慣れていたせいもあるかもしれない。

「コッチに落ち着くって決めたからには、車がいるか……?」

やはり、自由に動き回れる足が必要だろう。

日本国内の滞在が短期で、またすぐに国外へ出ることが決まっていた時は、維持費が無駄になるのがわかり切っていたので車を所持する必要性など感じなかった。けれど、腰《こし》を据《す》えると決めたからにはそうはいかない。

「んー……どうせなら、ナギを連れていって好きな車を選ばせよう」

次のデートは、ディーラー巡りだ。

そう決めて、青に切り替わった駅前の横断歩道を渡る。

椰義《なぎ》。沖田《おきた》椰義は、神室の甥《おい》であり……支倉にとっては、特別な存在だ。彼に背中を押されなければ、今の自分はなかったに違いない。

「車の選択はナギに任せるとして……コイツは、そろそろ外壁の塗り替えだな。光触媒とか、ソッチ系にするか」

道の反対側からひょろりとしたビルを見上げて、腕を組んだ。

このビルが建って、そろそろ十年を超える。古臭いとまでは言わないが、どうしてもくたびれた感じになっているところもある。

この際、壁だけでなく大がかりな改装をしたほうがいいかもしれない。どうするのがベストか、業者に相談してみるべきか。

祖父が建てたビルは、現在は支倉の名義になっている。ここの一角に神室が経営するセレクトショップがあり、椰義との待ち合わせ場所にさせてもらっているのだ。

「五時半、か。ナギは、もう来てるだろうな」

腕時計をチラリと確認して、止めていた歩を再開させた。大股《おおまた》で道を渡って扉《とびら》を開くと、涼《すず》やかな女性の声に迎えられる。

「いらっしゃい……って、なんだ支倉か。愛想《あいそ》のいい声を出して損した」

棚の整理をしていたのか、戸口に背を向けていた神室は振り向いて支倉を視認するなり、声のトーンを落とした。

あまりの変わり身に、思わず苦笑を滲《にじ》ませる。

「おい、随分な言葉だな。俺は、このビルのオーナー様だぞ」

「ハイハイ、いらっしゃいませオーナー様。……カワイ子ちゃんがお待ちですよ」

いつになく声に棘《とげ》が含まれているように感じるのは、その『カワイ子ちゃん』が原因か。

神室は、一回りしか離れていない甥っ子の椰義を、昔から実の弟のように可愛がっている。

その椰義との関係を隠しておけずに告白すると、真顔で「あんたに紹介するんじゃなかった」と吐き捨てられたのだ。

声を荒らげるでもなく、危惧《きぐ》していた蹴りが飛んでくるでもない静けさは、本気で憤っていることの証拠だった。

真剣なのだと必死で頭を下げて説き伏せ、どうにか侮蔑《ぶべつ》の目で見られることがなくなったのだが、やはり歓迎はされていないのだと彼女の言動の端々から滲み出ている。

「咲苗さん、コーヒー……あ」

そこへ、両手にマグカップを持った椰義が姿を現す。姿が見えないと思っていたら、奥のキッチンスペースにいたらしい。

戸口で足を止めている支倉に気づいて、パッと笑みを浮かべた……かと思えば、目を逸らしてレジカウンターの隅にマグカップを置く。

「将宗さんも、コーヒー飲む？　それか、お茶……がいいなら」

「俺はいらん。悪い、退屈したか？」

椰義と神室は昔から仲がよく、ここなら多少予告した時間を超過しても暇を持て余さないだろうと考えたのだが、長く待たせてしまっただろうか。

話しかけながらレジカウンターに歩み寄ると、椰義は勢いよく首を左右に振って答えた。

「大丈夫！　咲苗さんと話してたし、琉球《りゅうきゅう》王国の縁《ゆかり》の品っていうのを色々見せてもらって……面白かったから」

「そうか？　って、なに逃げてんだよ」

近づいたのと同じだけ身を引かれて、眉間に皺を刻む。

反射的に手を伸ばして半袖《はんそで》シャツから伸びる腕を掴《つか》むと、うつむいて顔を隠した椰義はビクッと肩を震わせた。

拒絶されているとまではいかないが、なんとなく逃げ腰だ。こんなふうに避けられる心当たりは、ない。

顔が見えないと、なにを考えているのか予想することもできなくて、もどかしい。

「やーい、嫌われてやんの」

「うるさい。おまえは黙ってろ」

少し離れたところから茶々を入れる神室に、ムッとして文句をぶつける。わかっている。これは八つ当たりだ。

大人げない苛立《いらだ》ちを落ち着けようと深く息をつくと、自分に向けられたものだと思ったのか椰義が慌てたように顔を上げた。

「き、嫌ってなんかないからなっ。ちょっと、なんかビックリしただけ……で」

「ビックリ？　って、別に俺は背後霊を引き連れたりしてないよな？　虎を担いでもないし、熊の手を頭に乗っけてもないが」

背後霊云々《うんぬん》は、自分と椰義の身の回りに最近起きた『超常現象』が頭の隅にあったせいで出た言葉だと椰義もわかったに違いない。

ちなみに虎と熊は、某国の集落で出迎えを受けた際の実体験だ。

「そ、じゃなくて……将宗さん、大人みたいで」

「みたい、って……なんだよ、今更」

「だって、そんな、スーツとか着てるから」

そこで言葉を切り、なんとも形容し難《がた》い表情で明後日《あさって》の方に視線を向ける。目の下がほんのり紅潮していて、椰義の挙動不審な言動の理由をようやく悟った。

椰義の腕を掴んだままの支倉は、自分の胸元にあるネクタイを見下ろして……これのせいかと苦笑を滲ませる。

どうやら梛義は、支倉が見慣れない服装で現れたことに、気後れと照れを感じて戸惑っているらしい。

「そりゃ、俺もスーツくらいは持ってるぞ。おまえ……変わんねーなぁ」

「な、なにが」

「初めて逢った時のことだよ」

こんなふうにモジモジする梛義を見ていると、否応もなく初対面の頃を思い出す。

帰国直後の自分は、不審者レベルで汚いという自覚があった。髪は伸びっ放しで、無精《ぶしょう》髭《ひげ》が顔の半分を覆《おお》い、薄汚れたワークパンツと色の飛んだシャツに、足元はくたびれたトレッキングシューズだ。

そんな支倉に一切引くことなく、「インディ・ジョーンズかと思った！」と目を輝かせたくせに、身嗜《みだしな》みを整えたら途端に人見知りを発揮された。今の梛義も、あの時と同じような顔をしている。

「だ、って……」

梛義が、しどろもどろに口を開きかけたところで、

「あのさぁ、イチャつくなら私のいないところでやってくれない？　ハッキリ言って、メチャクチャに腹が立つから」

すぐ後ろから、神室の声が聞こえてきた。ついでのように、言葉の終わりと同時に背中を

殴《なぐ》られる。

せっかく梛義の可愛い顔を見ていたのに、見事なタイミングで水を差してくれた悪友を振り向いて睨みつけた。

「痛ぇな。邪魔すんなよ」

「だーかーら、邪魔されたくなかったら余所《よそ》に行って！　私のカワイイ甥っ子にデレないでよ、気持ち悪いな。昔っからあんたの手が早いことは知ってたけど、まさか梛義にまで魔の手を伸ばすなんて……ああ、本っ当に腹が立つ！」

……。

ブツブツ文句を零《こぼ》しながら、今度は足元を蹴られた。それも、微妙に技を取り混ぜながら
「蹴るなっ。つーか、そんな言い方するんじゃねーよ。ナギが気にするだろうがっ」

自分に対してはどんなことを言ってもいいが、梛義が気に病むような言い回しは聞き流せない。

支倉の言葉に、掴んだままの梛義の手がピクッと震えたのがわかる。己《おのれ》の失言を悟ったのか、神室は梛義に向かって和《やわ》らげた声で話しかけた。

「……梛義、誤解しないでよ。私がムカつくのは、この男にだけだから。あんたがコレでいいのなら、私は見て見ぬふりをする。でも、万が一こいつに泣かされたら……どうしてやろうかしら」

爪先《つまさき》で床をグリグリと弄《いじ》りながらの台詞《せりふ》は、冗談めかしているけれど本音だと伝わってくる。

心配無用だと支倉が言い返すより早く、梛義が口を開いた。

「大丈夫だよ、咲苗さん。おれが……先に好きになったんだ。だから、将宗さんも咲苗さんも悪くない。逆に、将宗さんに逢わせてくれてありがとう……って言わなきゃ。おれ、今すっごく幸せ」

笑いながら迷いなく言い切った梛義の愛らしくも凜々《りり》しい姿に、じわりと胸の奥が熱くなる。揺るぎない信頼と恋慕が伝わってきて、年甲斐もなく心臓が鼓動《こどう》を速めた。

神室も同じことを感じたのか、大きく息をついて、全身に漂《ただよ》わせていた険しいオーラを引っ込めた。

「可愛い笑顔でそんなふうに言われたら、……仕方ないか。支倉のどこがいいのか疑問は残るし、こんなに可愛い梛義が、この男の毒牙《どくが》にかかったと思ったら複雑だけど」

憎々しい顔で睨みつけられて、どれだけ極悪人だと思われているのだと苦笑する。

確かに、学生時代の自分の素行は褒められたものではなかったという自覚があるけれど……梛義に関しては、支倉自身も驚くほど慎重になっているのだ。

証拠に……。

「言っておくが、ナギはまだキヨラカなカラダだぞ」

初めて唇を触れ合わせてから、そろそろ三ヵ月か。少し前の自分ならあり得ないことだが、未だにベッドに連れ込むことができていない。

過去を知っている神室など、まったく信じていない様子で薄ら笑いを浮かべつつ、顔の前で手を振った。

「はぁ？　嘘つくなら、もっとそれらしい嘘をつきなさいよ。あんたが、まっさかぁ。ていうか、梛義はまだ高校生なんだから、あんまり変なこと教えないでよ」

「だから、俺は」

重ねて否定しようとした支倉の言葉に、梛義の声が割って入ってきた。

「あのさぁ、本人を前にしてそういう会話をするの、止めてくれませんか。これだからオトナはっ！」

険しい顔をした梛義に交互に睨まれて、ダメな大人二人はピタリと口を噤《つぐ》む。

しまった。気心の知れた相手ということもあり、つい売られた言葉を買ってしまった。

「違う、梛義。デリカシーがないのはオトナだからじゃなく、支倉だからよ」

「……フォローになってねぇ。つーか、俺をデリカシーが欠如したオトナって言うなら、おまえも同類だ」

偉そうに言えることとか、と神室に呆《あき》れた笑いを向ける。

ダメだ。ここにいると、際限なく大人げない姿を晒《さら》してしまいそうだ。……神室のせい、

だけではないかもしれないが。

「これ以上文句を言われる前に、俺らは退散するか」

「あ、待って。バッグ……」

「じゃあな、神室」

神室に短く言い残すと、椰義の肩に手を回して戸口に誘導する。店内を横断して扉を開けようとしたところで、背中を神室の声が追いかけてきた。

「支倉。……うまくいった?」

今日、スーツを着用した自分がどこに出向いていたか神室は知っている。その目的も、詳しくは話していないが察しているに違いない。

チラリと振り返った支倉は、意図して自信に溢《あふ》れた笑みを返した。

「当然。俺を誰だと思ってる」

「……高校生に手を出した犯罪者」

「チッ」

容赦のない一言に反論できず、舌打ちを残して背を向ける。

憎まれ口を叩いた神室は、緩ませた口元に安堵《あんど》を滲ませていた。長いつき合いなのだから、それくらいはわかっている。

これまでになく慎重な支倉が、他の誰とも比べようもないくらい本当に椰義を大事にしているのだと……それも、きちんと汲《く》み取ってくれている……と思いたい。

「あれ？　どこ行くの？」

椥義がそう尋ねてきたのは、神室の店を出た支倉が、ビルの上階にある自室ではなく駅方面に足を向けたせいだろう。

薄い肩に回していた手を下ろした支倉は、椥義の全身にザッと視線を走らせる。

「ん？　ああ……おまえ、制服か。家に戻ってないのか？」

肩から斜め掛けにしているバッグは、通学に使っているものだろう。学校帰りに神室のショップに寄り、すぐ近くの自宅には戻っていないに違いない。

「うん。学校帰りに、そのまま友達のところに泊まるって……朝、母さんにだけ宣言してきた。姉ちゃんたちと顔を合わせたら、なんかゴチャゴチャ言われそうだし。深くツッコまれたら、うまく誤魔化す自信ないし」

「あー……そりゃ、賢明な判断だ」

確かに、失礼だが椥義に姉たちを言い負かすスキルがあるとは思えない。

どこに泊まるのだ、女の子じゃないだろうなと矢継ぎ早に問い詰められたら、うっかり墓穴を掘りそうだ。

口を噤んで遠い目をした支倉がなにを考えているのか、椥義に伝わってしまったらしい。

拗ねた声でポツリとつぶやく。

「単純バカだって思ってるだろ」

「いいや。素直ないい子だもんなぁ……ってだけだ。まぁ、嘘をつくのが下手なのは、悪いことじゃないだろ」

「やっぱり、バカ正直って思ってんだ。どっちにしても、バカがつくし」

ツンと、顔を背けた……ようでいて、ほんのりと耳が赤くなっている。素直ないい子という言葉に、照れているのだ。

自然と笑みが浮かぶのを、止められなかった。

梛義が弟なら、構い倒したくなる気持ちはわかる。反応が素直なので、からかったりしたら実に楽しそうだ。

そう頭に浮かんだ言葉は、なんとか喉《のど》の奥に押し込める。今ここで梛義の臍《へそ》を曲げてしまったら、せっかくの計画が無駄になりそうだ。

「制服でも問題はないが……そうだな、時間もまだあるし」

レストランの予約時間は、少し余裕を持って十九時半だ。寄り道をして買い物をする時間くらいはある。

「あれ、駅じゃないの？」

「ああ。この時間の電車は混んでるだろ。この前乗って、懲《こ》りた」

「終電とか、朝よりはマシだと思うけど……」

「無理。人混みに酔《よ》う」

短く言い切ると、仕方ないなぁ……とでも言いたそうな顔の梛義を促して、ロータリーに設けられているタクシー乗り場に向かった。


フォークに刺しそびれた、大ぶりなニンジンのグラッセが転がった……のを誤魔化そうとしてか、すかさず手掴みで皿に戻した。

支倉が気づいていないふりをしていると、そ知らぬ顔でその脇《わき》にあるプチトマトにフォークを押し当てて……それは結構な勢いで支倉の手元に飛んできた。

今度はさすがに、気づかないふりをしてやれない。

「ッ……」

「ごめ……って、将宗さん。遠慮なく笑ってくれていいんだけど」

咄嗟《とっさ》に口元を右手で覆って顔を背けた支倉に、謝りかけた梛義が低くつぶやく。

コホンとわざとらしい空咳《からぜき》をして、いやいやと首を振った。

「悪い。おまえ、そんなわかりやすく緊張せずに普通にしてろ。トマトくらい、手掴みで食っても怒られないぞ」

「でも」

「誰も見てねーよ。ほら」

手元に転がっていたプチトマトを摘《つま》み上げて、椰義の口元に寄せる。落ち着きなく視線をさ迷わせた椰義は、誰も見ていないという支倉の言葉が嘘ではないと確認できたのか、躊躇いがちに唇を開いてプチトマトを口に入れた。

格式高いホテルの高層階に位置するレストランは、照明が薄暗い上にプライバシーを考慮してテーブルの間隔が広い。

ウエイターの教育も行き届いているので、不必要に客の様子を窺《うかが》ったりはしない。ただし、コース料理を提供するタイミングは見事に計らっている。

自分たちの目の前にある皿が空《あ》いて二分と経たずに、担当ウエイターが足音もなくテーブル脇に立つ。

「ドルチェをお持ちしますが、お飲み物はコーヒーと紅茶、どちらにいたしますか？」

「コーヒー。椰義は？」

「……アイスティー」

「承知いたしました」

綺麗《きれい》な所作で軽く頭を下げたウエイターの姿が見えなくなったところで、椰義が大きく息をついた。

「なんだ、ため息なんかついて。不味《まず》かったか？」

それとも、量が物足りなかっただろうか。自分が棚義くらいの年齢の頃は、この手のレストランだと味ではなく量に不満があった。店を出てから、ハンバーガーショップに直行したこともある。

棚義は、不躾《ぶしつけ》な言葉を口にした支倉の足をテーブルの下で蹴ってくる。

「そんなわけあるかっ。なんてこと言うんだよ。こんな豪勢な飯、初めて食べた。ただ……緊張しすぎて、よく覚えてないのがもったいないなって……」

確かに棚義は、終始神妙な顔でナイフやフォークを操っていた。

あまり物怖《ものお》じしないと思っていたけれど、初めてのレストランなのだから個室をリザーブしてやるべきだったかと、自分の不手際を反省する。

「そいつは残念だ。心配するな、すぐに慣らしてやるよ。次は中華なんてどうだ？　料亭で和食よりは、身構えなくていいだろ」

もしくは、ホテルのレストランではなく個人経営の店のほうがいいか。

そう思案する支倉に、テーブルの向かいにいる棚義は深く息をついて力なく首を左右に振った。

「……ファミレスかチェーン店でいい。こんな服、いらないところ。ジーンズとTシャツでも浮かないで、入り口で待ち構えられない場所」

こんな服、と自分の胸元を指差した梛義は、ここに来る前に立ち寄ったショップで購入した真新しいジャケットを身につけている。

年齢的にも季節的にも簡素な物でいいだろうと、スーツではなくカジュアルな麻のサマージャケットとノーネクタイでも大丈夫な襟元《えりもと》がきちんとしたシャツを選んだのだが、それでも着心地はよくないらしい。

「安上がりなヤツだな」

「ッ！」

つまらん、と続けた支倉を睨んで「そう言う問題じゃ……」と言いかけた梛義が、不自然に口を閉じる。

どうやら、デザートプレートを手にこちらに向かってくるウエイターが、視界に入ったらしい。

神妙な顔でデザートの説明を聞く梛義は、黙っていれば育ちのよさそうな良家の子息といった雰囲気だ。

姉たちに、口うるさく行儀を説かれているとぼやく梛義は、もともと所作が雑ではないし品のいい顔立ちをしている。きちっとしたスーツを着せても、違和感なく綺麗に着こなしそうだ。

「……チョコケーキの脇にあるの、なんていったっけ。これ、メチャクチャ美味《うま》い」

「オランジェットとかいうな。初めて食ったか？　わりと好みが分かれると思うが、口に合ったならなによりだ」

あまり機嫌がよくなさそうな顔で……それでも、盛りつけられているデザートを綺麗にすべて平らげる。

見当違いなところに八つ当たりをしないのは、性根が真っ直ぐな証拠だ。

近場で最も気に入っている店で食事をさせて、椰義を喜ばせようという思惑が空回りしてしまったようなのは、自分の配慮不足か。

今更ながら、椰義はまだ十八歳で一般的な家庭に育ち、こういったところに馴染《なじ》みがないのだと再認識する。

椰義にとっての外食は、ファミリーレストランやチェーン展開する店なのだ。

「萎縮させたかったわけじゃないんだ。悪かった」

コーヒーカップをソーサーに戻して静かに謝ると、椰義はキュッと眉《まゆ》を顰《ひそ》めてもどかしそうに口を開く。

「……将宗さん、悪くないじゃん。おれが、勝手に気後れして……マナーとか知らない自分が恥ずかしいだけで。謝んなよ」

「だから、それが俺の配慮不足ってことだ。どうも、ダメだな。おまえが相手だと、空回っちまう」

椰義を前にすると、大人だなどと偉そうな顔をすることができない。

自嘲《じちょう》したつもりだったのだが、椰義は違う意味に受け取ってしまったようだ。

「おれ、ガキだから……面倒で、ごめん」

肩を落として視線を伏せた姿に、目を瞠る。この、狼狽《ろうばい》を隠せない……きっとみっともない顔を椰義に見られなかったのは幸いだ。

どう返せば場の空気が和《なご》むか少し考えた支倉は、テーブル越しに手を伸ばして椰義の髪を掻き乱した。

「バカ。ごめんじゃねぇ。教える楽しみがあるってことだ。覚悟しろよ。これから、キッチリ仕込んでやるからな。……色々と」

いつもの調子で口にすると、最後の一言はわざと意味深につけ加える。支倉の意図は、的確に椰義に伝わったらしい。

うつむけていた顔を上げて、髪を撫《な》で回している支倉の手を軽く叩く。

「……なんか、すっごいヤラしい言葉に聞こえるんだけど」

ようやく、椰義らしい笑みが零れた。

ホッとしたついでに、このタイミングを逃さず畳《たた》みかけてしまうことにする。

「否定はしない。この後……ベタな展開を用意しているんだが。ここに、部屋を取ってる。ただし、おまえが帰りたいって言うなら、無理強いはしない」

ここに、と床を指差す。

頭の回転が鈍くはない梛義には、その仕草がこのホテルの客室を意味するものだと明確に伝わったらしい。

「ぁ……」

言葉を失った顔に浮かぶものは、戸惑いと……恥じらい、か？

嫌悪が一欠片《ひとかけら》でも垣間見えれば、即座に「帰るか」と続けるつもりだったけれど、梛義からの返事を待つことにする。

数十秒の沈黙の後、梛義は手元にあるコールドドリンク用の細長いグラスに視線を落として、ポツポツ口にした。

「そんな、改めて言われたら……どんな反応したらいいのか、困るだろ。有無を言わさず、引っ張り込めばいいのに。いちいち日本人っぽくないっていうか、変なところで紳士的なんだから……困る」

「日本人っぽくない、か？　まぁ、確かに奥ゆかしさとは無縁だって自覚はある。騙《だま》し討《う》ちみたいな真似《まね》はしない、って前にも宣言しただろ。おまえに関しては、できる限り誠実でいたいんだ」

困る、か。今日のところは、引いておくべきだろうか。

密やかに嘆息して、チェックのためにウエイターに合図を送ったところで梛義が小さく続けた。

「そうやってストレートに色々言われたら、おれも、変に意地が張れなくなるじゃんか。恥ずかしいから、照れ隠しで臍曲がりな態度取りたいのに……素直にうなずくしかない、っていうか」

頬《ほお》を紅潮させて、しどろもどろにそう吐露《とろ》した棚義の姿に、途端に舞い上がった自覚は……ある。

クレジットカードを出そうとして、うっかり運転免許証を……次にＪＡＦ《日本自動車連盟》の会員証を取り出す程度には、平常心を保てなくなってしまった。

格好をつけるつもりが、棚義の前ではすべて形なしだ。不様なことこの上ない……が、棚義が緊張を手放して笑ってくれたから幸いとしよう。

「ナギ」

「うわっ、ハイ！」

大きな窓に張りついて眼下に広がる夜景を眺《なが》めていた棚義は、呼びかけた支倉を振り向くことなくビクッと身体《からだ》を震わせて背筋を伸ばす。

あまりにも可愛い反応に、クックッと肩を震わせてしまった。

「……そんなにガチガチになるなよ。いきなり野獣モードになって、ベッドに押し倒したりしねぇから。そこ、座れ」

部屋に備えつけられたミニバーから持ってきたジュースの缶を小さなテーブルに置き、セットになっているソファを指差した。

窓のすぐ傍《そば》に設置されているソファセットは、寛《くつろ》ぐためというよりも夜景を観賞することを目的としたものだろう。

支倉が笑ったせいか、少し拗ねた顔をした梛義がストンと腰を下ろす。正面ではなく、隣に腰かけた支倉にまたしても肩を強張らせたが、それには気づかないふりをした。

一人だとゆったり、二人が座ればギチギチになるソファは少し窮屈なサイズだけれど、恋人同士にはなにかと都合がいいに違いない。

「今日……な、親父《おやじ》と爺《じじい》に逢ってきたんだ。一応、二人ともウチの最高権力者だ」

「……ん」

静かに切り出した支倉の口調から真面目な話だと察したのか、梛義の纏《まと》う空気がこれまでとは違う意味で硬くなる。

実に素直だ。みっともなく頬が緩みそうになり、とりあえず話を済ませるのが先決だと自戒する。

「俺の家が、少しだけ特殊なのは……チラッと話したよな」

「うん。あれから、色々……聞かせてもらったから」

先行きを決めたこの二ヵ月余りで、棚義には少しずつ自分の状況や『支倉』の家について語っている。

そうして、棚義を子供扱いして蚊帳《かや》の外に置く気はないことを知らせたかったのと……それでも関わろうと思えるのかと、遠回しに問うたつもりだ。

高校生の棚義には少し重い選択を迫ったかもしれないが、棚義の決意が揺らがないのであれば、こちらとしてもそれなりの準備や根回しをしておきたい。

「お父さんや、お祖父さんと……なにを？」

支倉と視線を絡ませた棚義は、ほんの少し前まで慣れない空間に戸惑っておどおどしていた少年とは別人のように、凛《りん》とした空気を纏っていた。

こんな表情で対峙《たいじ》しようとする人間を、子供扱いすることなどできない。

「事業計画をぶちまけてきた。……こいつだ」

スーツの懐《ふところ》から、三つ折りにした用紙を取り出す。父親や祖父に提示した、冊子状のものの一部だ。

棚義の手元に置くと、ほんの少し戸惑いを滲ませた顔で手に取った。

「おれが見ても、大丈夫なもの？」

「ああ。端折《はしょ》って簡単に纏めたものだが、おまえも関係者だからな。本来は社外秘だ」

祖父の言質《げんち》を取ったとはいえ、まだ正式な計画に乗せてもいない。

もったいぶるほどのものではないが、梛義もその計画の一部に組み込んでいるのだと本人に知らせたかった。

コクンとうなずいた梛義は、折り畳んでいた用紙を丁寧に開いて両手で持つ。じっくりと読み進めるその横顔を、無言で見守った。

A４の用紙に三枚ほどに纏めたものは、早々に読み終わったはずだが……梛義はすぐに口を開こうとはせず、何度も読み返しているようだった。

「……すごいね。なんていうか、おれから見たら壮大で想像がつかない。本当に、関係者なんて言ってもらっていいのか……なぁ」

ようやく言葉を発したかと思えば、そんな彼らしくない弱音を零す。

まぁ、無理もないか。高校生の梛義から見れば、想定される予算額が億の位というだけでも別世界の話に違いない。

「そのために、進路を決めたんだろ？　心配しなくても、来年や再来年にポンとできるものじゃねぇ。おまえがしっかり勉強して、大学を卒業して……その頃には箱くらいはできてるかな。しばらくは、経験値を積むのと関係各所への面通しって名目で、俺と一緒に世界中の現地回りをしてもらうか」

椰義がテーブルに置いた事業計画書を指先で弾き、どうだ？　と顔を覗《のぞ》き込む。

そうして不意に顔を寄せたせいか、椰義は息を呑《の》んで背中を引いた。

「そ、んなの今、言われても……。だいたい、おれを甘やかしすぎじゃ……っ」

「ああ？　おまえ、俺と現地回りするってのがどういうことか、わかってないな。武者修行だぞ。覚悟してろよ」

「……甘やかされてるとしか、思えない」

「じゃあ、素直に甘やかされろ」

ククッと肩を震わせて笑った支倉は、両腕の中に椰義を抱き込んだ。

誂《あつら》えたように、しっくりと自分の腕に収まる。まだ成長段階のはずだが、この先の変化も絶え間なく実感できるかと思えば、それはそれで楽しみだ。

「おれ、将宗さんの足……引っ張らないかって、怖いよ。なんにもできないし」

「今は、なにもできなくて当然だ。だいたい、おまえのためじゃない。俺が、自分のために我儘《わがまま》なくらい『好きなもん』を全部突《つ》っ込んだんだ。それで親父や爺を説得できたってことは、おまえも俺に不可欠ってことだよ」

胸元に顔を埋《うず》めて小さくつぶやいた椰義の背中を、ポンポンと軽く叩く。

まだ十八歳の椰義にこんなものを見せて、関係者だと言い聞かせて……重いものを背負わせようとしているのは、わかっている。

すべて、自分のエゴだ。

でも、そうやって彼の未来を手繰《たぐ》り寄せてでも……どうしても梛義が欲しかった。必要不可欠だと説いたのは、この場限りの軽口ではない。

チラリと視線を向けた事業計画書には、ふらついていると言われた二十代の自分が築いたものを詰め込んだつもりだ。

世界各国に点在する古代遺跡や古美術品は、ふさわしい扱いをされているとは言い難いものが数多くある。

紛争地帯の片隅で人々から忘れられていたり、劣悪な環境で見せびらかすためのみの目的で飾られていたり。

そんな状況を嘆いている愛好家は多くても、誰もがフットワーク軽くそのものに向き合えるわけではない。

経済状況が許さないという現実的な問題もあるが、横のつながりも途切れ途切れで……同じ憂いを抱いている人は多くても生かし切れず、もったいない限りだ。

それらの点と点を、結ぶことができたら。なにより、失われてしまえば二度と取り戻せない古代の宝物たちを救い出し、可能な限り相応な扱いをすることができれば。

今の『支倉』には財力はあっても、ノウハウとコミュニケーションに必要な人材が存在しなかった。

支倉が提案したのは、世界各国の重要文化財や美術品の保護・展示を目的としたセンターの設立と、財団の立ち上げだ。管理に必要な知識を持つ人材育成のための奨学金制度に加え、遺跡発掘に関する資金援助も行う。

兄たちには「金にならんことを」と渋られたが、名士を自負するのであれば社会奉仕も必要だと、世界的に名の通った企業を実例として挙げたことで黙らせた。

実際、グローバル展開する企業の大半は、ボランティアやチャリティ活動を積極的に行っている。『支倉』だけでなく、日本ではまだその精神が浸透し切っているとは言い難い状況で、恥ずべきことだ。

それらすべてに自分が世界各地で築いた人脈が役に立つはずで、破天荒で自分勝手な放浪だと言われていたが、もう誰にも意味がないなどと言わせない。

「ナギが、この奨学制度の第一号になってくれたらいい。実質的な責任者は俺だが、爺は面通しさせろと言い出すはずだ。スーパー爺に勝てる自信はあるか？」

胸元にある頭を軽く叩きながら、冗談を含ませて尋ねる。

梛義と、祖父か。

学生時代に一度だけ、正月に神室を含む友人を新年会に招いたことがあるけれど、祖父は一升瓶《いっしょうびん》を抱えた神室となにやら盛り上がっていたことだし……梛義とも、相性は悪くないはずだ。

ゆっくりと顔を上げた棚義は、支倉の目を見据えてハッキリうなずいた。

「勝てる……とは思わないけど、きちんと考えていることや目標を伝える、将宗さんが、変なヤツを連れてきたって笑われないようにするから」

「そんな心配はしてねぇよ」

自分の不安や心配を覗かせるよりも、支倉に対する気遣いを見せる棚義に目を細める。可愛いなぁ……と思えば、胸の内側に熱情の種火が灯《とも》った。

「ナギ」

名前を呼びながら、髪に潜り込ませた指先をそっと動かす。

支倉の纏う空気の質が変わったことを敏感に察したのか、棚義はさっきまでの強気が嘘のように頼りなく視線を泳がせた。

「嫌なら」

「嫌ならっ、ここまでついてこないだろ。恥ずかしいんだよっ！」

目を合わせることなく自棄《やけ》気味にそう口にした棚義は、離しかけた支倉の手首をギュッと摑んでくる。

その指先がほんの少し震えていることに、本人は気づいてないに違いない。

棚義自身は恥ずかしいと言ったけれど、不安を感じているのは当然で……必死で強がる姿でますます支倉を煽《あお》っていることが、計算ずくであるはずもない。

「おまえ、可愛すぎるだろ。……神室に犯罪者呼ばわりされて反論したが、もう否定できないなぁ」

これから手を出すぞ、という宣言じみた台詞に棚義の頬が紅潮する。

うつむこうとするのを許してやらずに、「逃げんなよ」と顔を仰向《あおむ》けさせた。

「昔から、手が早い……って？　確かに、すぐキスとかしたのに、その後はなんにもしないで……そのくせ、こんなふうにお膳立《ぜんだ》てをして。おれ、将宗さんの考えてることよくわかんないよ」

棚義が口にした言葉の数々は、支倉を苦い気分にさせる。

手が早いなどと言われていたのは、相手もそれなりのつき合いを求めていたからであり、正直言って気楽な関係を好む人間ばかりを選んでいた。若さを言い訳にしてはいけないとわかっているが、いい加減だったことは確かだ。

棚義を、その手の人間と同列に並べられるわけがない。

神室もそれをわかっていて、わざと棚義に聞かせたに決まっている。支倉への嫌がらせを目的として。

ふっと息をついて、答えを待っている棚義に静かに語る。

「例の鈴の影響だっていうのは言い訳にしかならんが、おまえとの最初が、あんなふうに軽い始まりだったのをメチャクチャ後悔した。だから、これからはおまえに関しては特に……

できる限り誠実でいたかったんだ。なーんて胸を張るなら、せめて高校卒業まで待つべきかと思うが」

「や……」

慌てたように口を開いた椰義と、至近距離で視線が絡む。少し焦った顔が可愛くて、つい唇を緩ませた。

「無理だな。俺は聖人君子には程遠い、俗物だ。こんなおまえを前にしてオアズケとか、どんな拷問《ごうもん》だよ」

もとより、ここまで来たら引き下がってやる気はなかった。逃げ腰の椰義が本気で拒絶を示すなら別だが、そうではないことはもうわかっている。

目を瞠った椰義は、拳《こぶし》を握って支倉の背中を殴ってきた。

「だ、騙したなっ。騙し討ちしない、って言ったくせに！」

「騙したつもりはねぇよ。んー……言うなれば、俺が仕掛けた罠《わな》の手前でおまえが勝手に転んだんだ」

「ッ……ガキの屁理屈を、オトナの武装で強化しやがって」

もうなにも言えなくなってしまったのか、悔しそうに唇を噛《か》む。

そんな椰義を強く抱き込んだ己が、恥ずかしく脂下《やにさ》がった顔になっているという自覚はある。

「で、場所を移してもいいか？」

「だから、聞くなよっ。も……おれ、マグロになるからなっ」

「そりゃいい。マグロは好物だ。頭から尻尾《しっぽ》まで、残さず食ってやる」

赤く染まった顔を隠そうとしてか、ギュッと首に腕を回してきた棚義を抱き上げて、ベッドに向かった。

「く、食い残すなよ。目玉や骨も、食え」

声が震えている。精いっぱいの強がりだ。

ほんの少し唇の端を吊り上げた支倉は、上機嫌を隠そうともせず短く答えた。

「もちろん」

さて、どう調理してやろうか。こんなに可愛いマグロを食い残すなどという罰当《ばちあ》たりなことが、できるわけがない。


服を脱がすだけで、これほど緊張するなど……中学生か。そんなふうに自分にツッコミを入れて気を逸らさなければ、無様に手が震えそうだ。

ベッドサイドのランプは、ぬくみのある淡い光を放っている。その仄《ほの》かな光に照らされた椰義は、言葉では形容し難いほど綺麗だった。

成長過程の肢体《したい》は肉付きが薄く、手足の長さが際立っている。そのくせ、肋骨《ろっこつ》が浮き出るほど貧相でもない。

少年というほど幼くはなく、男にもなり切っていない……不思議なアンバランスさに、目を奪われる。

「あ、んまり見るなよ。将宗さんと比べたら、みっともない」

そう言った椰義は、自分の身体を隠すのではなく文倉の目元を手で覆う。ただ、残念ながら指の隙間《すきま》から見えている。

「まぁ、俺は日本人の規格から外れているからな。比べるもんでもないだろ」

事実をそのまま述べただけだが、椰義は唇を尖《とが》らせて顔を背けた。どうやら、十八歳男子の自尊心を刺激してしまったらしい。

取り扱いは、なかなか難しいようだ。

それが、少しも面倒ではなくかえってそそられるあたり、口には出せないけれど自分が罹《り》患《かん》した恋の病は重症だ。

顔に押し当てられた椰義の指を、舌を伸ばして舐《な》めてやる。

「うわっ」

そんな文倉の行動は予想していなかったのか、慌てて手を引っ込めた椰義にクスリと笑ってしまった。

「将宗さん、やっぱり意地悪だよな」

「やっぱりって、なんだよ」

椰義に関しては、この上なく丁重に扱っているつもりだ。それなのに、意地悪の一言で済ませられるのは承服しかねる。

「だって……なんか、メチャクチャ悔しくなってきた。どうせおれは、こういうの初めてですよ。頓珍漢《とんちんかん》なことして、笑われるんだ」

きっと椰義自身、なにをどう言っているのかよくわからなくなっている。早口で吐き捨てられた最後の一言など、よくぞ思いついたと褒めたくなる単語だった。

「……頓珍漢って、久し振りに聞いたな。逆に、今時のワカモノ言葉か？」

「知らねーよっ。なんだよ、いいカラダしやがって。どこもかしこも、男らしくて格好いいんだよっ」

これは……褒められているのだと思うけれど、ビシビシと容赦なく胸元や肩を叩かれるのは痛い。

苦笑を滲ませて、椰義の手を握った。

「おまえが慣れてないのは、知ってる。プロ並みの技を見せられたら、そっちのほうがビビるな。むしろ、物慣れない風情《ふぜい》を嬉《うれ》しがってんだから、堂々としてろよ」

「お……オヤジ？　なんか、いちいちエロいよっ」

「ハイハイ、エロオヤジですよ」

やはり、ダメだ。

椰義の言葉に律儀に言い返していたら、色っぽい空気がどこかに行ってしまう。これはもう、なにを言われようが黙殺して好きにさせてもらうべきか。

そう決めて、止めていた手の動きを再開させた。

最初は「ひゃっ」とか、「うわ」と、色気とは無縁の声を上げていた椰義が、少しずつ静かになって……必死で奥歯を噛み締めているのがわかる。

声を殺そうとしている様はなんとも言い難い魅惑的な姿で、物慣れない風情を嬉しがる余裕など早々に消し飛びそうだ。

「あ、う……」

腿《もも》の内側を撫で上げると、ビクッと身体を震わせて支倉を見上げてきた。潤んだ目は、更に艶っぽさを増している。

「あー……一つだけ確認しておきたいんだが」

「んだよ」

「あの、ちっさいのは、もういないんだよな？」

椰義の傍につき添っていたらしい、『神様の使い』という人外のものは、自分たちの縁を結んで在るべき場所へ帰った……そうだ。

　ずっと梛義の傍にいたことは後から聞かされたのだが、アレやコレを見られていたのだと思えば複雑な気分だ。

　しかも、最後の最後に『梛義を傷つけて泣かせたならば恐ろしい災いが降りかかるぞ』と、五寸《ごすん》サイズのデカい釘《くぎ》を刺しやがった。

「結？　いない、よ。こんな時に、思い出させるな……ってよ」

「いや、だってそりゃ……なぁ。いないのなら、いい。安心だ」

「ァ……」

　ヤツの話は終わりだとばかりに、開かせた脚《あし》のあいだに指を滑り込ませる。すると梛義は、ビクッと肩を竦《すく》ませた。その『結』を思い出してか、また少しだけ梛義の反応が硬くなって己の失敗を悟った。

「ナギ」

「ン、っ……ぅ」

　唇を重ねて、舌を絡みつかせながら触れた屹立《きつりつ》を緩く手の中に握り込み、怖がらせないようにじっくりと昂《たかぶ》らせる。

　梛義の熱が増していくのを体感して、安堵が込み上げてきた。

「俺のこと……怖いだろ。殴ったり、引っ掻いたりしてもいいぞ」

「……っく、ない。将宗さ、ん……だ」

不安を感じないはずはないのに、相手が自分だからと笑って見せる。健気《けなげ》で可愛くて、大切にしたいと思うのに……メチャクチャに抱き潰《つぶ》したいという、矛盾した欲望が込み上げてくる。

これほど理性を揺さぶられ、余裕を失わされる相手などこれまでいなかった。

なにもかも、初めてだ。特別、特例、唯一……言葉でどう表せばいいのか、わからないくらい『椰義だけ』なのだ。

「おれ、見た目よりずっと頑丈だよ。どこでも一緒に行けるし、なんでも……できる。すごい、だろ」

「……ああ。頼もしい限りだ。おまえがいないと、俺がダメになりそうだな」

「ふ……っ、それ、いいな」

両手を伸ばしてきた椰義が、支倉の頭を抱き寄せる。

「遠慮とか、手加減も……いらな、い。将宗さん、が……欲しい、だけだ」

そう、熱っぽい吐息と共に耳元に吹き込まれて……ギリギリまで残っていた理性の欠片を手放した。

「ナギ……ッ」

他に言葉が出てこなくて、想いをすべて名前に込める。

膝を摑んで左右に割り、自分の身体を割り込ませる。

丁重とは言い難い扱いだったはずだが、椰義は一言も「嫌だ」とか「怖い」と零さずに、強く支倉の背中にしがみついてきた。

心の中で「ごめん」と告げて、緊張の抜け切っていない身体に己の欲望をぶつける。

慣れない椰義との行為は、正直言えばさほどイイものではない。なのに、直接的な快楽よりも精神的な昂りだけで、頭の芯《しん》が甘く痺《しび》れるみたいだ。

満たされるという言葉の意味を、初めて実感する。

椰義は、どうだろう。ようやく様子を窺う余裕ができて、椰義の目元にかかる前髪を指先で払い除けた。

頬だけでなく顔中を紅潮させて、苦しそうな荒い息を繰り返している。薄く目を開き、支倉と視線を絡ませた。

「な……ついて、な……将宗さんのせ、で……な……泣いて、じゃ、ない……っから」

目尻《めじり》から溢れた涙の理由は苦痛ではないと、嘘だと丸わかりの言葉を掠《かす》れた声で訴えてくる。

その涙の雫《しずく》を舐め取り、夢中で唇を重ね合わせた。

「っん、ぁ……っ、ふ……ッ」

「ナギ、おまえ……これ以上俺をグダグダにさせて、どうすんだよ」

「れ、だけしか見えないよ……に、すんの」

無理に浮かべたものだとわかるぎこちない笑みは、支倉の胸の奥深くに突き刺さる。

可愛くて、愛《いと》しくて……どうにかなりそうだ。

「バカ。とっくに、そうなってる。も、おまえ以外に勃《た》たね……よ」

言葉を選ぶ余裕がなくて、露骨な台詞になってしまう。それを、梛義は嬉しそうに笑みを深くして受け止めた。

本当に、もうダメだ。この可愛い生き物に、完敗だ。

そう、心の中で白旗を揚げた直後。

涼やかな鈴の音が耳の奥で響いたような気がして、ふと口を噤む。

耳に神経を集中させても……同じ音は、もう聞こえない。鼓膜を震わせるのは、梛義と自分の吐息、そして激しく脈打つ心臓の鼓動のみだ。

「いじ……に、するぞ」

ずっと、大事にする。

別れ際。何故《なぜ》か、一瞬だけ自分の目にも映った梛義の大切な『小さな友人』への誓いを、改めて甘美なキスに込めた。

あとがき

こんにちは、または初めまして。真崎ひかると申します。『凜と恋が鳴る』をお手に取ってくださり、ありがとうございました！

微妙にイロモノ……でしょうか。ちょっと変わった生き物と少年の交流を書くのは、とても楽しかったです。軽くヘタレな大人と気が強い十代という組み合わせは、いつも読んでくださっている読者さんには「またか」と言われてしまいそうですが……。

イラストを描いてくださった駒城ミチヲ先生、格好いい支倉と可愛く凜々しい梛義、とってもキュートな結をありがとうございました！　華やかなカバー、本当に眼福です。

今回もお世話になりました、担当H様。色々とありがとうございました。……初稿をお送りした際のHさんの第一声、「かつてないほどのバカップルじゃないですか！」が、この二人のすべてを表している気がします（笑）。

ここまでお目を通してくださって、ありがとうございます。ほんの少しでも楽しんでいただけましたら、幸いです。この本が、私にとって今年の締めくくりの一冊となります。来年も、おつき合いいただけると嬉しいです。それでは、バタバタとですが失礼します。

二〇一四年　今年も霜焼けの季節到来です……　真崎ひかる

✦初出　凜と恋が鳴る……………………書き下ろし
恋はやがて愛に成る……………書き下ろし

真崎ひかる先生、駒城ミチヲ先生へのお便り、本作品に関するご意見、ご感想などは
〒151-0051 東京都渋谷区千駄ヶ谷 4-9-7
幻冬舎コミックス　ルチル文庫「凜と恋が鳴る」係まで。

幻冬舎ルチル文庫

凜と恋が鳴る

2014年12月20日　第1刷発行

✦著者	真崎ひかる　まさき ひかる
✦発行人	伊藤嘉彦
✦発行元	株式会社 幻冬舎コミックス 〒151-0051 東京都渋谷区千駄ヶ谷 4-9-7 電話 03(5411)6431［編集］
✦発売元	株式会社 幻冬舎 〒151-0051 東京都渋谷区千駄ヶ谷 4-9-7 電話 03(5411)6222［営業］ 振替 00120-8-767643
✦印刷・製本所	中央精版印刷株式会社

✦検印廃止

ISBN978-4-344-83316-6　C0193　Printed in Japan